Oprah Winfrey

국립중앙도서관 출판시도서목록(CIP)

오프라 윈프리 / 일린 쿠퍼 지음 ; 권혁정 옮김. – 고양 : 나무처럼, 2010
  p. ; cm. – (세상을 빛낸 위대한 여성 ; 2)

원표제: Oprah Winfrey
원저자명: Ilene Cooper
영어 원작을 한국어로 번역
ISBN 978-89-92877-12-1 44840 : ₩10000
ISBN 978-89-92877-10-7(세트)

방송인[放送人]

687.099-KDC4   CIP2009004045

w
세상을 빛낸 위대한 여성

오프라 윈프리

일린 쿠퍼 지음 · 권혁정 옮김

나무처럼
Namubooks

~

이바 프리먼을 위하여

~

🌿 작가의 말

바이킹출판사에서 새로 시작하는 업클로즈Up Close 시리즈의 첫 전기를 써달라는 청탁을 하면서 편집자는 내가 혹시 오프라 윈프리 전기를 쓰는 것에 관심이 있는지를 물었습니다. 나는 "제대로 찾아오셨네요"라고 말하며 확신을 주었어요. 평생 시카고 시민으로 살아온 나는 오프라가 1984년에 토크쇼 〈에이엠 시카고A. M. Chicago〉를 맡고자 시카고에 도착했을 때를 아주 잘 기억하고 있습니다. 과장이 아니라 당시 오프라는 시카고에 폭풍우를 몰고 왔으니까요.

이 책에는 어떻게 그런 일이 일어났는지에 대한 이런저런 자세한 사항을 정성껏 담았습니다. 오프라 윈프리는 백인이 주류를 이루며 마른 체형을 선호하는 방송계에서 그저 단순히 덩치만 큰 흑인 여성이 아닙니다. 그녀에게는 매우 특별한 재능이 있었습니다. 방송인이라기보다는 친구와 같은 친근한 모습으로 청중과 의사소통하는 능력을 지니고 있었으니까요. 이제껏 시카고에서 오프라 윈프리 같은 인물이 없었습니다.

오프라 쇼가 전국적으로 또 세계적으로 방영된 이후로 미국과 세계 사람들 또한 시카고 사람들과 같은 감정을 느꼈습니다.

시카고에서 활동한 지 20여 년간 오프라와 그 쇼는 서서히 진화했고, 영향력은 더욱 커져만 갔습니다. 이제는 국제적인 명사가 되었다고는 하지만, 오프라는 내 고장의 스타로 출발했기에 마치 나는 링사이드에서 그녀가 상승하는 모습을 보고 있다는 착각에 빠져들곤 했습니다. 이 책을 쓰면서 그녀를 더욱 잘 알게 되었지만, 그중에서도 내가 가장 존경하는 오프라의 모습은 선행善行을 행하는 바로 그 실천력입니다. 그녀의 이런 모습은 어려운 상황에 부닥친 사람들을 돕고자 하는 세계 곳곳에 있는 수많은 사람에게 격려였습니다. 그녀는 "여러분이 느끼는 행복은 여러분이 줄 수 있는 사랑과 정비례합니다"라고 했습니다. 이 메시지를 가슴 깊이 새기면서 그녀의 이야기에 빠져볼까요.

오프라 윈프리에게 또 다른 기회가 찾아왔다. 1976년, 이제 스물두 살밖에 안 된 그녀는 볼티모어 WJZ-TV 방송국의 뉴스캐스터로 고용되는 행운을 안았다. 하지만 일은 술술 풀리지 않았다. 방송국은 뉴스캐스터로 견실한 중년 캐스터를 오프라의 파트너로 정해주었지만, 그는 신출내기 오프라와 뉴스를 공동 진행하는 걸 내켜 하지 않았다. 그는 규모가 작은 내슈빌의 TV시장에서 경험을 쌓은 풋내기 흑인 여성이 자신의 파트너라는 사실을 도저히 받아들일 수 없었다.

이러한 부조화는 방송에 여과 없이 노출되었다. 더욱 상황을 안 좋게 한 것은 방송국 간부들이 오프라의 능력에 커다란 의구심을 둔 것이었다. 그들은 저녁 뉴스에서 흔히 볼 수 있는 정형화한 캐스터의 모습과는 사뭇 다른 오프라의 일상적인 말투를 인정하지 못했다. 심지어 그들은 그녀의 외모조차 거론하며 오프라에게 외모를 바꾸어야 한다고 강요했다. 결국 오프라는 헤어스타일을 바꾸었지만, 결과는 참담했다.

곧이어 오프라는 앵커 자리에서 쫓겨나 살인자들과 일상적인 위험이 도사린 거리의 리포터로 나섰다. 하지만 그 임무마저도 잘 해내지 못했다. 오프라는 비극으로 고통받는 누군가의 얼굴에 뻔뻔하게 마이크를 들이미는 일이 죽도록 싫었다.

이제 오프라에게는 해고통지서를 받을 일만 남아 있었다. 그런데 믿을 수 없는 일이 일어났다. WJZ-TV 방송국은 〈피플 아 토킹People Are Talking〉이라는 새로운 인터뷰 쇼에 오프라를 공동 진행자로 발탁했다. 예쁘장한 핑크 드레스를 입고 함박웃음을 지은 오프라는 새로 맡은 프로그램에 온 힘을 기울였다. 쇼의 첫 회가 끝나자마자 오프라는 이것이 자신의 삶을 바꾸어놓을 거라는 강한 확신이 섰다.

"1978년 8월 14일에 그 프로를 시작했어요. 이제 그 쇼는 내 집이나 마찬가지예요. 불만족하고 뭔가 제대로 되지 않고 있다는 느낌, 잘못된 장소에 와 있는 듯한 느낌, 잘못된 직업을 가진 듯한 느낌으로 몇 년간을 살았어요. 그런데 이제야 됐다는 느낌을 받았어요. 방송하는 도중에 마치 집에 온 듯이 편한 느낌을 받았어요. 아주 자연스러웠거든요. 이제야 나 자신을 찾은 것 같았어요."

오프라 윈프리는 지금도 토크쇼를 진행하고 있다. 그리고 앞으로 전 세계 TV에서 이와 완전히 똑같은 일은 절대로 일어나지 않을 것이다.

차례

1
책읽기가
좋아요

추운 어느 날, 인적이 드문 미시시피 농장에서 네 살 난 오프라 윈프리는 뒤 베란다에 앉아서 물끄러미 외할머니를 지켜보았다. 앞치마 자락에 나무 빨래집게를 주르륵 꽂은 외할머니 해티는 낡아빠진 검은 양동이에 둥둥 떠 있는 빨래를 기다란 집게로 쿡쿡 쑤시는 중이었다. 그러더니 잠시 후, 물에 젖은 묵직한 빨래 뭉치를 들어 올려 탁탁 털고서 빨랫줄에 하나하나씩 널면서 말했다.

"잘 봐두어라. 너도 언젠가는 배워야 할 일이니."

오프라는 대답하지 않았다. 하지만 내면의 목소리는 분명히 이렇게 말했다.

"아니요, 할머니. 전 그런 일 안 해요."

오프라 윈프리에게는 외할머니처럼 세탁 일을 하거나, 북부에서 가정부로 생계를 잇는 엄마처럼 살지 않겠다고 자신할 만한 근거는 그 어디에도 없었다. 1954년 1월 29일에 출생한 오프라는 노예의 후손으로, 그녀가 자라난 미시시피에도 당연히 인종차별이 존재했기에, 당시 흑인들의 삶은 몹시 고달팠다.

오프라의 삶 또한 불안정했다. 오프라는 외할머니 외할아버지와 함께 살았다. 외할머니는 정답기는 했지만 무척 엄격한 편이었다. 외할아버지는 무서운 얼굴을 하고 어린 오프라에게 무언가를 던지든지, 지팡이를 휘두르며 새들을 내쫓는일이 잦았다. 오프라의 엄마는 미혼모였고, 아버지와는 그저한두 번 데이트한 사이였다. 성인이 된 오프라는 자신의 탄생은 '오크나무 아래에서 하룻밤 즐거움의 결과'였다고 털어놓았다. 아버지 버논 윈프리는 당시 스무 살로 앨라배마에 있는육군 포트러커Fort Rucker 소속의 군인이었다. 그는 아기가 태어났는지도 모르고 있다가, 어느 날 출생증명서가 배달됐을때에야 비로소 딸아이의 출생을 알게 되었다. 당시 18세였던오프라의 어머니 버니타는 '옷 좀 보내줘요'라는 짤막한 메모와 함께 그에게 출생증명서를 보냈다.

가난한 미혼모에게서 태어난 흑인 아이 오프라에게 삶은시작부터 평탄치 않았고, 앞으로 혹독한 시련이 기다리고 있

었다. 그러나 어릴 적부터 오프라는 어떤 방식으로든 자신의
미래를 한정 짓지는 않았다. 성인이 된 오프라는 선배들이 그
동안 겪어온 역경 얘기를 듣는 도중 자신의 어린 시절을 회상
하면서 말했다.

"나는 그것이 내 인생이라고 절대로 믿지 않았어요. 나는
막연하게나마 나 자신보다도, 내 가족보다도, 어쩌면 미시시
피보다도 더 큰 무언가가 될 수 있으리라고 믿었어요. 나는
하나님의 아이라는 것을 굳게 믿었지요. 그렇기에 그 무엇도
두렵지 않았어요."

실수로 이름을 얻었다고 말하는 사람은 그리 많지 않지만
오프라 윈프리의 이름은 그랬다. 그녀에게 이처럼 영예로운
이름을 준 사람은 바로 대고모 이다Ida이다. 기독교 신자인
이다 고모는 구약성서에 나오는 오르바Orpah의 이름을 지어
주었는데, 사람들이 그 이름을 잘못 알아듣고 아기를 오프라
Oprah라고 부르기 시작해, 그렇게 굳어졌다.

오프라 윈프리가 태어난 마을 또한 '코시우스코Kosciuszko'
로 이름이 특이하다. 미시시피 주도州都인 잭슨에서 북쪽으로
120킬로미터 정도 떨어진 이곳은 미국 독립전쟁에서 활약한
폴란드 장군 타데우슈 코시우스코의 이름을 따서 지었다. 코
시우스코 장군은 이 조그마한 마을에 잠재한 영혼을 파괴하
는 노예제도를 격렬하게 반대하며 투쟁했다. 그는 유산을 남

거 토머스 제퍼슨의 노예를 해방하는 데에 힘쓰라는 유언을 남겼다. 하지만 그의 이름을 딴 이 마을은 남쪽 깊은 산골짜기에 자리 잡고 있었기에, 이곳 흑인들은 남북전쟁 이전이나 이후나 그다지 영향을 받지 않았다.

오프라는 코시우스코 외곽에 있는 금세라도 무너져 내릴 것 같은 낡은 농가에서 살았다. 농가 실내에는 수도시설도 갖춰져 있지 않았다. 방문객이 이곳을 오려면, 먼지를 뒤집어쓰며 비포장도로로 와야만 했다. 일단 이곳에 도착했다 하더라

미시시피 주 코시우스코, 오프라를 기리는 표지판.
오프라는 이곳에서 여섯 살까지 살았다.

도 볼거리가 그다지 많지 않았다. 이곳은 그저 동물 몇 마리와 허드렛일이 끊이지 않는 작은 농장일 뿐이었다. 어린 오프라도 일손을 도와야 했기에, 돼지에게 먹이를 주고 풀을 먹이러 소들을 데리고 밖으로 나가곤 했다. 어린 오프라가 우물에서 길어오는 물로 빨래도 하고 먹기도 했다. 이곳 농장에는 재배하는 것이 많아 먹을 것이 풍족했지만, 현금은 부족하였기에 문명의 편리함은 거의 누리지 못하고 살았다. 전화도 텔레비전도 없었으니까.

"나는 옷을 한 번도 사 입어보지 못했어요." 훗날 오프라가 회상했다.

시골생활은 외로움 그 자체였다. 근처에 어린 아이라고는 아무도 살지 않았다. 그래서 오프라는 돼지, 소, 닭 등과 이야기를 나누었다. 그녀의 유일한 장난감은 외할머니 해티가 옥수수자루로 만들어준 인형뿐이었다.

오프라에게는 엄마와 함께 농장에서 산 기억이 전혀 없다. 엄마는 늘 어딘가로 떠나 있었다. 버니타는 실제로 오프라가 네 살 때까지 농장에 머물렀지만, 그 지역 목화공장이 문을 닫는 바람에 그곳에서 생계를 유지할 다른 방법이 없었다.

"나는 농장을 떠나, 직업을 구해 아기를 부양하고 싶었어요." 버니타는 훗날 회상했다.

다른 수많은 흑인처럼 버니타도 일자리와 가능성이 많은

북부로 가는 대열에 합류했다. 버니타의 남자 형제들은 이미 시카고로 떠난 상태였지만, 그녀는 밀워키 부근이 더 마음에 들었기에 그곳에 정착하기로 했다.

엄마가 떠나자 오프라의 삶을 책임질 유일한 사람은 외할머니뿐이었다. 외할머니 해티는 강한 여성이었다. 오프라는 허튼짓을 용납하지 않는 외할머니를 마마Mama라 불렀는데, 해티는 오프라에게 따뜻한 보호자 겸 엄격한 선생님이었다. 해티는 어리석음을 묵인하지 않았고, 손녀가 지닌 재능과 능력을 모두 개발해 줄 생각이었다. 해티는 정식 교육이라고는 거의 받지 못했지만, 배움에 대한 중요성만큼은 아주 잘 인식하고 있었다. 해티는 어린 오프라에게 읽기를 가르쳤다. 성인이 된 오프라는 당시 단순하지만 진지한 해티의 노력이 얼마나 중요했는지를 깨닫고, 수시로 자신이 성공한 토대는 독서였다고 강조했다.

"외할머니는 내게 읽기를 가르쳤고, 모든 가능성을 열어두었어요."

오프라는 외할머니한테 배운 읽기능력을 잘 이용해서 세 살 무렵에는 교회에서 연극 대본을 암기해서 공연했다. 외할머니와 함께 다니던 미시시피 침례교회 분위기는 왠지 모르게 따분했는데, 특히 덥고 습한 여름철에는 더욱 그랬다. 어린 오프라는 천장에 달린 선풍기가 축축한 공기를 몰아내려고 힘겹게 느릿느릿 돌아가는 모습을 물끄러미 응시했다. 하지만 당시 오프라는 교회에서는 이미 스타였다. 목사님은 그녀에게 앞으로 나오라고 했다.

"여러분, 여기 있는 꼬마 숙녀 윈프리 양이 이번 부활절에 성경 암송을 할 겁니다" 목사님이 말했다.

"예수 그리스도가 부활절에 다시 부흥하셨습니다. 할렐루야, 할렐루야. 천사들이 확실히 이를 증명했습니다." 부활절 날 오프라는 첫 암송을 시작했다.

땋아 내린 머리에 핀을 잔뜩 꽂고 부활절 드레스에 새 가죽 신발을 신은 오프라는 즉시 스포트라이트를 한몸에 받았다. 그 후로 오프라는 교회에서 성경을 암송할 기회가 잦았다.

"해티, 저 아이의 재능은 참으로 대단해요." 예배에 참석한 어른들이 연방 부채를 부쳐가며 칭찬의 말을 아끼지 않았다.

오프라에게 대중 앞에 서는 것은 관심과 애정을 얻는 한 가지 방법이었다. 또한 이것은 외할머니의 자랑거리였기에, 역시 기분 좋은 일이었다. 하지만 해티는 오프라의 재능에 만족해하며 기뻐하기도 했지만, 필요할 때면 주저 없이 체벌을 내리기도 했다. 오프라가 기억하기로, 해티는 체벌이 필요하다고 여길 때가 아주 많았다. 체벌이라 함은 매를 말하는 거였는데, 해티는 이 매를 '사랑의 회초리'라고 불렀다. 잘못을 저지른 오프라는 밖으로 나가서 회초리를 마련해와야만 했다.

어른이 된 오프라는 매 맞을 때의 고통을 회상했다.

"할머니는 몇 날 며칠을 때리셨어요. 지치지도 않으셨지요. 아마 지금은 그걸 아동학대라고 부를 거예요."

예전에는 세상이 이랬던 것 같다. 어린 여자 아이를 가혹하게 체벌하여도 별반 큰 문제가 되지 않았다. 어른이 된 오프라는 해티가 준 애정과 가르침, 신앙심까지도 명확하게 기억했다.

"할머니가 내 머리를 긁어주며 두피에 오일을 발라주는 동안 할머니 무릎에 앉아 있으면 무척 기분이 좋았어요. 이런 행위는 우리의 전통이었어요. 남부에서 자라나는 흑인 여자 아이들이 현관 앞에 앉아서 하는 의식이지요. 요즘에는 이런 의식은 하지 않죠. 그런 행위는 머리카락에 좋지 않으니까요. 하지만 그때는 정말 기분이 좋았어요."

또 오프라는 잠자리에 들기 전에 해티와 무릎을 꿇고 기도하거나, 하나님에 대한 얘기를 나눌 때 친근감을 느꼈다. 해티는 오프라가 하나님을 무조건 믿기를 원했지만, 가끔 어린 오프라에게는 힘겨운 일이기도 했다. 한 번은 어린 오프라는 언젠가는 자신도 죽게 될 거라는 사실을 깨닫고 엉엉 울었던 적이 있었다.

"애야, 하나님은 아이들을 무턱대고 데려가지는 않는다. 넌 앞으로 할 일이 많으니 두려워하지 마라. 강한 사람은 약한 사람들을 돌보아야만 하지." 외할머니 해티가 그녀를 안심시켰다.

점점 자라나면서 오프라는 해티가 늘 "사람들은 서로 의지하며 살아야 한다"고 말한 것이 신약성서로마서 15장 1절에서 인용한 말이라는 사실을 깨달았다.

"어린 나이인데도 그 개념을 어느 정도 이해했어요. 다른 사람을 도와야 한다는 것을 알고 있었으니까요. 이런 식으로 나는 하나님에게 점점 더 가까이 다가갔어요."

오프라 윈프리의 성공에는 외할머니 해티가 준 신앙의 영향이 가장 크게 자리한 가운데 그 주변으로 좌절과 고통 그리고 희망이 둘러싼 것을 알 수 있다.

"외할머니 덕분에 제가 지금 여기 있는 겁니다. 내 강인함과 이성적인 감각, 그 외 모든 것이 그분 덕입니다. 이 모든 것이 여섯 살 경에 얻었다고 할 수 있죠. 나는 기본적으로 여섯 살 때보다 지금이 더 다르다고 말할 수 없으니까요."

어린 시절에는 종종 주변 상황이 변하지 않고 항상 그대로인 경우가 많다. 미시시피에서의 오프라 삶도 변함없이 일정했다. 교회와 허드렛일, 읽기와 암송 등이 고작이었다. 그러다가 갑자기, 그리고 놀랍게도 모든 상황이 변했다. 1959년경 엄마 버니타는 밀워키에 자리를 잡았고, 그곳에서 딸과 함께 살고 싶었다. 최근에 외할아버지를 저세상으로 먼저 보낸 외할머니 해티는 점점 늙어갔고 건강도 좋지 않았다. 해티는 오프라를 보낼 준비를 했다.

　미시시피 농장 생활은 이렇게 막을 내렸다. 이제 동물들과 이야기를 나누는 조용하고 외로운 날들은 사라졌다. 가슴 아프지만, 사랑하는 외할머니와 보낼 시간이 얼마 남지 않았다. 오프라는 불빛이 요란스럽게 번쩍이고 활기 넘치는 사람으로 가득 찬 북적북적한 대도시로 옮겨갔다. 그곳에는 낯설고 놀라운 일이 그녀를 기다리고 있었다. 그 모든 것이 유쾌하지는 않았다.

2
칭찬받는
아이

여섯 살 난 오프라 윈프리는 시카고에서 북쪽으로 140킬로미터 떨어진 부산스러운 위스콘신 주 밀워키에 도착한 날, 분명히 『거울 나라의 앨리스*Through the looking glass*』에서의 앨리스와 같은 감정을 느꼈을 것이다. 모든 것이 생각했던 것과는 확실히 달랐다. 겨울이면 혹독한 추위가 찾아왔고, 삶의 속도는 빨라졌고, 자동차 경적 소리, 라디오의 요란한 소리, 거리를 헤집고 다니는 트럭 등과 같은 도시의 소음은 견디기 고통스러웠다.

예전엔 당연시하며 누렸던 모든 것이 미시시피와 밀워키 사이의 1,200킬로미터 거리를 두고, 시간이라는 공간 속으로 사라져버렸다. 농장에서의 생활은 외로웠지만, 적어도 넓은 대지를 거닐 여유는 있었고, 향긋한 소나무들 사이를 뛰어다니며 놀수도 있었다. 밀워키에서 엄마 버니타가 오프라에게 제공할 수 있는 것이라고는 초라하고 거무죽죽한 하숙방이 고작이었다. 외할머니의 주의 깊은 눈빛을 받으며 자라나는 대신에 오프라는 버니타가 밀워키 외곽으로 파출부를 나간 동안 방치된 채로 지내야 했다. 소와 대화를 나누고, 닭 앞에서 암송 연습을 하며 보내던 나날과는 달리, 이제 그녀에게 남은 유일한 벗이라고는 하숙집 주위를 총총걸음으로 달리는 바퀴벌레들뿐이었다.

"나는 바퀴벌레를 가족으로 생각했어요. 그래서 놈들에게 이름을 지어주었고, 잡아서 상자에 넣어 길렀어요…… 아이들이 반딧불이를 잡는 것처럼요. 그중 두 놈에겐 멜린다아와 샌디라는 이름도 지어주었어요." 성인이 되어 오프라가 회상했다.

무엇보다도 오프라가 밀워키에서 받은 가장 큰 충격은 동생을 돌봐야 하는 것이었다. 아직 결혼하지 않은 버니타는 한번 더 임신하는 사건이 생겼고, 그 결과 동생 파트리샤가 태어났다. 오프라는 이 아기를 돌보아야 할 처지에 놓였다. 오프라는 파트리샤를 보면 감정이 복잡해졌다. 아기는 귀여웠고, 옥수수자루로 만든 인형과 노는 것보다는 더 재미있긴 했지만, 버니타의 한정된 시간과 관심을 서로 나누어야 한다는 점이 견디기 어려웠다. 특히 엄마가 가장 행복한 시간이 동생

1960년 오프라 윈프리가 이사 온 밀워키.
이 사진은 당시 시내의 분주함을 보여준다.

과 함께 있는 것처럼 보일 때는 견딜 수 없었다. 파트리샤의 피부색은 오프라보다 하얀색으로, 흑인들 사이에서는 꽤 선호하는 색이었다.

오프라는 미시시피 시절부터 외모에 관심이 많았다. 그녀는 당시 아이돌스타 셜리 템플을 닮고 싶어서, 잘 때 코에 빨래집게를 집고 잤다(조금이나마 고통을 덜어보려고 빨래집게가 코에 닿는 부분에는 작은 천을 대었다). 당시에는 동생이 더 예뻐서 자신이 따돌림당하는 느낌도 많이 받았다. 엄마인 버니타와 동생 파트리샤는 실내에서 잤지만, 오프라는 하숙집에서 임시로 칸막이 한 포치에서 잠을 잤다.

오프라는 그렇게 불안한 생활을 하는 와중에 미시시피에서 수없이 칭찬받았던 읽기 능력과 대중 앞에서의 연설 능력이 엄마에게는 그다지 칭찬거리가 아니라는 사실을 알아차렸다. 오프라는 예전에 엄마가 자신이 책 읽는 모습과 두 손에 책을 쥔 모습을 보며 한 말이 아직도 기억 속에 상처로 남아있다.

"너는 그저 책만 읽는구나. 넌 네가 다른 아이들보다 더 똑똑한 줄 알지?"

이 말이 어린 오프라에게 혼란을 준 것은 틀림없다. 비록 할머니의 칭찬이 크게 후하지는 않았지만, 교인들이 할머니에게 '아주 재능 있는 아이'라며 자신을 추켜세우던 말을 듣고 할머니가 얼마나 기뻐했는가. 오프라도 이런 칭찬을 종종 들었기에 차츰 그 말을 믿기 시작했다.

"그 재능이 무엇을 의미하는지는 확실히 알지 못했지만, 그 것은 내가 뭔가 특별하다는 것을 의미한다고 생각했어요."

오프라에게는 이런 감정을 유지하는 것이 다가올 역경을 헤쳐나가는 데 힘이 되었다. 어린 오프라는 어느 누군가가 이런 감정을 망치는 것을 참지 않았다. 그 사람이 설령 엄마라 하더라도. 엄마 버니타는 오프라가 자부심이 대단하다는 것을 마지못해 인정했다. 버니타는 여덟 살 난 오프라가 자신에게 했던 말을 기억했다.

"나는 이 세상 곳곳을 날아다닐 거예요."

"그러니?"

"두고 보세요."

학교에서도 오프라는 자신이 지닌 재능이 희미해지지 않도록 애썼다. 오프라는 밀워키에서 유치원을 다니기 시작했고, 즉시 자신이 남들보다 앞서 나가고 있다는 것을 깨달았다. 읽고 쓸 줄도 모르는 아이들도 허다했다. 오프라는 이런 상황을 선생님께 편지를 써서 알려주기로 마음먹었고, 매우 인상적인 어휘를 사용해 쓰기 시작했다.

네위 선생님께

저는 읽을 수 있을 뿐만 아니라 코끼리와 하마 같은 단어를 아주 많이 알기 때문에 굳이 이곳에 있을 필요가 없습니다.

네위 선생님도 이에 동의했다. 다음날 선생님은 그녀를 초등학교 1학년으로 올려주었다. 이 사건에 대해 오프라는 이렇게 말했다.

"그때 나는 아주 정확하게 표현하진 못했지만, 더 많은 것을 알고 있었어요. 이런 지식이 내 평생 지속한 셈이죠."

엄밀히 말해 엄마 버니타가 어린 두 아이를 홀로 기르기란 쉬운 일이 아니었다. 외곽에서 파출부 일을 하고 오랜 시간 버스를 타고 집에 도착하면 녹초가 되고 말았다. 고작 스물네 살밖에 되지 않은 그녀는 최신 유행에 맞게 옷을 입는 것을 좋아하고 밖에 나가 노는 것을 즐겼지만, 아마도 책임감으로 강한 스트레스를 수없이 받을 것이다. 한 2년쯤 지나서 버니타는 삶이 자신이 원하는 방식으로 진행하지 않았음을 깨달았고, 더는 오프라를 돌볼 수 없다는 결론을 내렸다. 그렇다고 인제 와서 오프라를 병든 외할머니에게 다시 보낼 수는 없는 노릇이었기에, 테네시 주 내슈빌에 사는 오프라의 아버지 버논에게 연락하기로 마음먹었다. 버니타는 버논에게 오프라를 데려다 키울 것을 제안했고, 버논은 이를 승낙했다.

이제 막 여덟 살이 된 오프라는 다시 환경을 바꾸어 세 번째 집으로 가게 되었다. 버논 윈프리는 1962년 여름에 오프라를 데리러 밀워키로 차를 몰고 왔다. 오프라에게 그와 새엄마는 단지 낯선 사람에 지나지 않았다. 당시 오프라가 얼마나 불안 정하거나 혼란스러웠는지를 이해할 수 있는 사항이다. 오프라는 이런 불안한 감정에 휩싸였지만, 내슈빌의 집에 도착해 하얀색 셔터가 달린 작은 벽돌집을 보고는 확연히 기분이 좋아졌다. 하숙집이 아닌 텔레비전에서나 볼 수 있는 그런 진짜 집에서 살게 된 것이다. 게다가 자신의 침실도 갖게 되었다. 평생 처음으로 그녀는 아버지를 갖게 된 것이다.

"밀워키에 있을 때 나도 아버지가 있었으면 했어요. 다른 아이들처럼 나도 가족을 갖고 싶었어요."

버논 윈프리는 열심히 노력하며 살았다. 1962년에는 두 곳에서 일을 하기도 했다. 밴더빌트대학의 경비원으로 일하는 동시에 지역병원에서 시급 75센트를 받고 접시닦이로 일했다. 그 결과로 이발소와 작은 청과상을 운영하게 되었다. 아버지와 새엄마 젤마 사이에는 자식이 없었기에, 그들은 오프라와 함께 사는 것이 기뻤다. 두 사람은 딸아이를 갖게 되어 행복했지만, 그렇다고 오프라를 엄격하게 훈육하는 것을 조금도 게을리하지 않았다. 특히 젤마는 더욱 완고했다.

"나는 그분에게 은혜를 많이 입었어요. 그곳은 마치 사관학교 같았어요." 오프라가 인정하듯이 말했다.

그러나 본능적으로 오프라는 버논과 젤마가 하는 모든 것이 자신에게 이롭다는 것을 깨달았다. 예를 들어, 젤마는 가을에 오프라를 학교에 보낼 생각이었다. 그때까지만 해도 오프라는 글을 아주 능숙하게 읽지는 못했다. 젤마는 오프라에게 책을 읽고 독후감 쓰는 방법을 가르쳤고, 어휘 목록을 만들도록 훈련시켰다. 오프라가 읽기에 비하면 수학이 뒤처진다는 것을 안 젤마는 오프라가 지쳐 나가떨어질 때까지 계속해서 구구단을 암기시켰다.

물론 수많은 책을 읽는 것은 오프라에게는 그다지 고생이라고 할 수 없었다. 그녀는 젤마가 도서실 대출카드를 만들어주자 온몸에 짜릿한 전율을 맛보았다. 엄마인 버니타는 대출카드를 만들어달라는 요청을 거들떠보지도 않았기 때문이다. 도서실에서 오프라는 '케이트 존' 이라는 여자 아이에 관한 시리즈를 찾아 읽었다. 케이트는 남부의 커다란 저택에 사는 열 살짜리 소녀이다. 이 시리즈는 오프라가 가장 좋아하는 책이 되었다.

그 시절 어린이 책에 나오는 주인공처럼 케이트 존도 백인이었다. 당시 모든 대중문화는 백인들의 지배를 받았다. 오프라가 밀워키에서 즐겨 시청하던 〈비버는 해결사Leave It to Beaver〉와 같은 TV 프로그램들은 양가 부모님과 함께 거대한 전원주택에 사는 백인 가족들에 대한 이야기다. 이런 프로그램을 보면서 오프라는 백인 아이가 훨씬 더 좋다는 생각을 했다. 그들은 자신처럼 전혀 얻어맞지도 않았고, 부모님과 대화를 즐겼다. 남부럽지 않은 부모도 생겼고 침실이 갖추어진 내슈빌의 새로운 환경 속에서 오프라는 텔레비전을 보면서 분명히 자신이 동경하던 모습과 좀더 가까운 삶을 사는 것처럼 느꼈다. 그녀는 아버지와 새엄마의 지대한 관심을 받으며 활짝 피어났다.

오프라는 학교에서 다시 한번 월반越班했다. 그녀는 와튼스쿨에서 4학년으로 시작했고, 선생님은 매우 특별한 분이었다. 오프라는 학교 첫날 집으로 돌아와서 아버지에게 학교 선생님이 참으로 좋은 분이라고 말했다. 세월이 흘러 오프라는 다음과 같이 회상했다.

"내 삶의 결정적 순간은 덩컨 선생님을 만난 4학년 시절이었어요. 선생님은 내게 영리해지는 건 두려운 일이 아니라는 일깨움을 주셨어요. 내게 읽기도 장려해주셨고, 종종 방과 후에 남아서 책을 선택하는 것도 도와주셨고, 내게 시험지를 채점하는 걸 돕도록 하셨어요. 선생님의 영향으로 나는 미래에 선생님이 되어 교사상Teacher Award을 타는 걸 목표로 삼았어요. 나는 학생들에게 이제껏 본 선생님 가운데 최고가 되고 싶었어요!"

세월이 흘러 오프라가 시카고에서 TV쇼를 진행하던 어느 날, 피디들은 이 쇼의 게스트로 덩컨 선생님을 초대했다.

"초등학교를 졸업한 이후로 뵙지 못했어요. 그런데 갑자기 '메리 덩컨 환영합니다' 라는 프롬프터(진행자에게 대사 등을 보이게 하는 장치)를 읽게 되었어요. 두 눈에선 눈물이 흘러내렸지요."

"덩컨 선생님도 이름이 있었군요! 바로 메리였어요. 어린 나는 덩컨 선생님 생활은 우리 반이 전부인 줄 알았어요. 내가 진정으로 나 자신이 된 것은 선생님 반이었기 때문이죠. 세월이 흐른 지금에 와서야 내 어린 시절에 강력한 영향을 주신 분께 고맙다는 말을 해야겠군요."

성인이 된 오프라가 처음으로 덩컨 선생님과 만나는 장면은 시청자들의 눈시울을 적셨다. 덩컨 선생님이 그녀를 안았을 때 오프라는 오열하며 선생님이 얼마나 특별한 분이신지를 눈물을 통해서 보여주었다.

"저를 특별히 아끼셨죠?"

오프라가 이렇게 묻자 관중은 웃으면서 이제는 유명스타가 된 오프라에게 이 대답이 아직도 중요한 의미를 지니고 있다는 걸 인식했다. 달콤하고 부드러운 남부 억양으로 덩컨 선생님은 대답했다.

"당연하지. 하지만 누구도 눈치채지 못하게 했지."

7년에서 8년 남짓 지나서 오프라에게 잊을 수 없는 영향을 준 또 다른 여성은 티시 후커로, 테네시 주 주지사에 입후보했던 존 J. 후커의 아내이다. 후커 부부는 선거유세를 하러 오프라가 다니는 교회에 왔는데, 후커 부인은 신도들 사이에 앉아 있는 오프라에 주목했다. 부인은 눈이 큰 오프라에게로 다가갔다.

"너는 강아지처럼 정말 예쁘구나. 입술도 도톰해서 아주 매력적이고."

오프라는 입술이 도톰하다는 뜻이 무엇인지 알지 못했다. 그녀는 자기 입술이 크다는 것은 알고 있었지만, 매력이 넘치는 잘 차려입은 부인에게 칭찬을 받다니! 오프라는 예배를 보고 집으로 돌아와 거울을 뚫어지게 바라보았다. 그 속에서 티시 후커가 본 예쁜 소녀를 찾아보았다. 마침내 오프라도 그 소녀를 볼 수 있었다. 2004년, 토크쇼 피디들이 티시 후커를 오프라 쇼에 출연시켜 그녀를 화들짝 놀라게 했다. 후커 부인은 그 소녀가 무척이나 빛을 발해서 주목하지 않을 수 없었다고 했다. 오프라는 후커 부인에게 평생 그때의 그 특별한 순간을 늘 기억하며 살았다고 진심 어린 말투로 말했다. 그 순간은 오프라가 자신을 아주 다르게 보도록 한 계기였다.

내슈빌에 사는 동안 오프라는 대중연설을 다시 시작하게 되어 기뻤다. 그녀는 자신을 '챔피언 스피커'라 칭했다. 흑인 교회와 여성 그룹들, 모임 등지에서 사람들은 초청연사인 어린 오프라의 암송을 귀 기울여 들었다.

"어떤 주제를 연설할 사람이 필요하면 나를 부르곤 했죠."

관심이 모두 그녀에게 쏠렸다. 오프라조차도 "나는 거의 모든 것을 할 수 있다고 믿었어요. 내가 여성지도자인 줄 착각할 정도였으니까요"라고 생각했다. 하지만 그녀를 칭찬하는 사람들은 모두 어른이었다. 그것은 오프라가 미시시피에서와 마찬가지로 또래의 아이들에게는 별반 관심을 끌지 못했다는 걸 의미했다. 아이들은 오프라가 너무 잘난 체한다고 싫어했다. 그녀도 그것을 인정한다.

"아이들은 늘 나를 재미삼아 쿡쿡 찌르곤 했어요."

오프라는 이런 놀림을 그다지 개의치 않았다. 그녀는 주관이 확실했는데, 이것은 사람들이 자기 말에 감흥을 받은 데서 생겨난 것이다. 대중연설을 하는 재능을 되돌아보면서 그녀는 말한다.

"나는 오랫동안 연설을 했어요. 평생토록 진정한 연설가였죠…… 나는 제임스 웰든 존슨의 설교를 모두 소화했어요. 그는 '창조'에서 시작해서 '심판'으로 끝나는 7가지를 연속으로 연설했죠. 나는 내슈빌 도시 전체 교회를 다니며 이 모두를 연설했어요…… 여러분도 몇 가지 들어봤을 거예요. 노래로 아는 사람들도 있죠. 나는 이 연설로 유명해졌어요."

그녀가 좋아하는 시는 윌리엄 어니스트 헨리의 영감을 불러일으키는 작품 「인빅터스Invictus」이다. 시작은 이렇다.

나를 감싸는 밤은

온통 칠흑 같은 암흑

억누를 수 없는 내 영혼에

신들이 무슨 일을 벌일지라도 감사한다.

당시 오프라는 세상살이의 의미를 진정으로 전부 이해하지는 못했지만, 연극적인 요소를 가미하거나 미사여구를 사용하여 이것을 표현하려고 노력했다. 연설하는 도중에 암송이 좀더 강렬해지도록 손동작을 추가하기도 했다. 미시시피 시절 사람들은 그녀의 암송을 들으며 "어휴! 저 아이 말하는 것 좀 봐!"라고 혀를 내두를 정도였다.

"여러분이 무슨 일이든 반복해서 한다면 그것을 능숙하게 잘할 수 있을 겁니다." 오프라는 이렇게 말했고, 그녀는 이런 연설 경험을 방송 일의 진정한 시작으로 여겼다.

외할머니처럼 버논과 젤마도 교회에 가는 데 열성적이었고, 일요일이면 내슈빌의 진보침례교회에서 보냈다. 물론 오프라도 함께 교회에 갔다. 예배는 오프라에게 크나큰 영향을 주었다.

"나는 일요일마다 목사님 설교를 귀 기울여 듣고 나서, 월요일에 학교에 가 덩컨 선생님에게 기도하게 해달라고 간청해, 목사님의 설교 일부를 모방했어요."

말할 필요도 없이 이런 행동은 반 친구들에게는 호응을 얻지 못했다. 하지만 오프라는 전혀 신경 쓰지 않았다. 교회에서 코스타리카의 가난한 아이들을 위한 기금을 모금하자는 캠페인이 시작되었다. 오프라는 다른 사람들보다 더 많은 돈을 모을 작정으로 기금모금 캠페인을 개별적으로 전개했다. 그녀는 점심 먹을 돈을 절약했고, 비록 평판이 좋지는 않았지만 친구들을 설득해서 이에 동참하도록 했다.

그녀의 기금모금 활동은 교회에서 배운 황금률에 근거한 강력한 감정에서 나왔다. "네가 남에게 대접받기를 원하는 대로 너도 남을 대접하라"는 성경구절은 오프라에게 남다른 힘과 의미를 부여했다.

"이 글귀를 써 책가방에 넣어서 다녔어요. 심지어 스스로 선교사라고 생각하기도 했다니까요."

오프라의 반 친구들은 오프라를 보면 "오! 선교사 오셨네!"라고 놀리며 도망쳤다. 이토록 황금률에 대한 애정이 깊었는데도 오프라는 이것을 완벽히 실천하지는 못했다. 자신을 싫어하는 소녀와 마주치면 오프라는 그 아이를 피해서 모금 운동을 했다. 친구 중 한 아이가 그 아이는 황금률 정신에 따르며 살지 않는다고 지적하자 오프라는 말했다.

"신경 안 써. 나도 그 애를 좋아하지 않으니까."

당연히 오프라는 내슈빌에서 아빠와 새엄마와 살면서 학교

생활을 아주 잘해나갔다. 평화로운 삶을 지내는 가운데 친엄마인 버니타가 여름방학에 밀워키에서 오프라와 함께 보내고 싶다는 연락을 취해왔다.

엄마 버니타는 오프라를 아버지에게 보내고 근검절약하여 방 세 칸짜리 아파트로 이사할 만큼 돈을 모았다. 더군다나 버니타는 임신한 상태였다. 여름방학을 엄마와 함께 보내면서 오프라는 아이의 아버지와 엄마가 결혼하기를 희망했지만, 그런 일은 일어나지 않았다. 이런저런 이유로 버니타는 오프라가 여름방학이 끝나고도 밀워키에 머무르기를 원했다. 새 학기를 시작할 즈음 버논이 오프라를 데리러 밀워키로 차를 몰고 왔을 때 버니타는 그에게 오프라에 대한 법적 권리가 없음을 인식시켜주며 오프라를 내놓지 않았다. 속이 부글부글 끓어올라 화가 치민 버논은 딸아이를 그냥 놔두고 내슈빌로 돌아갈 처지에 놓였다.

"우리는 그런 분위기에서 오프라를 벗어나게 해야 했어요. 그 집에서 데리고 나와 우리 집으로 데려가야 했다고요. 또다시 그 아이를 그런 환경에 머무르게 하는 것은 좋지 않았으니까요." 아버지가 말했다.

오프라 역시 반가운 일이 아니었다. 아버지와 새엄마의 관심을 한몸에 받는 대신에, 이곳에서는 그저 세 아이 중 하나일 뿐이었다. 아직까지는 오프라가 책과 함께 시간을 많이 보널 수 있다고는 하지만, 쉬는 시간 가운데 많은 부분을 동생들을 돌보아야 했다. 아버지와 함께 보낸 엄격하지만 따뜻한 가정은 이제 엄마가 일하러 밖으로 나가는 불안정한 생활로 대체되고 말았다. 또한 친척 어른들과 버니타의 친구들이 아파트를 들락날락하여 산만한 환경에 놓이게 되었다.

이제 삶은 TV프로그램에 나오는 것과 더는 닮지 않았다.

3
지울 수 없는
아픔

"아홉 살에 섹스를 경험했어요. 밀워키에 살던 때였죠…… 그때 열아홉 살인 사촌이 나를 강간했어요. 벌벌 떨면서 우는 내게 아이스크림을 사주며 아무에게도 말하지 말라고…… 12년 동안 침묵했어요." 세월이 흘러 오프라는 삶의 가장 끔찍한 사건에 대해 이렇게 묘사했다. 그리고 그 강간은 한 번으로 끝나지 않았다고 했다.

"강간은 아홉 살에서 열네 살까지 이어졌죠. 내 집에서, 각기 다른 사람들에게요. 이 남자, 저 남자, 사촌…… 나 자신을 책망했어요. 뭔가 잘못된 것이 분명하다고 생각하면서요."

오프라는 성인이 되어서야 비로소 자신의 삶이 처음 강간당한 순간부터 완전히 변해버렸다는 사실을 이해했다. 육체적인 고통보다 더욱 나쁜 것은 그 후로 수십 년간 겪은 정신적인 상처였다. 그녀가 비밀로 하고픈 몸무게는 지탱하기 어려운 수준까지 올라갔다. 오프라의 어린 시절은 자신이 나쁜 아이라는 수치심과 두려움으로 얼룩졌다. 그러나 당시 그녀가 늘 품었던 강력한 감정은 비참하리만치 완벽하게 자신이 혼자라는 것이었다.

텔레비전 명사가 되고 나서 오프라는 이런 경험을 같은 상황에 놓인 아이들을 도와주는 데 이용했다. 하지만 오프라가 강간당한 시기인 1960년대에 이런 주제는 그다지 공공연히 토론하지 않았다. 그녀는 그 누구에게도 이 사실을 털어놓지 않았다. 그것은 아무도 자신의 말을 믿어주지 않을 거로 생각했기 때문이다. 혹시 믿어준다 하더라도 사람들이 강간당한 사실을 어떻게 해서라도 그녀 책임으로 뒤집어씌울지도 모를 일이었다. 그래서 오프라는 그 일에 대해 침묵했고, 대조적인 두 삶을 살기 시작했다. 집에서는 두려움과 수치심으로 가득 찬 삶을, 학교에서는 늘 자신이 특별하다는 걸 입증하는 삶을.

오프라는 공부를 참으로 잘했다. 그러나 오프라는 친구를 많이 사귀지는 못했다. 마치 다른 아이들이 자신에게 너무 가까이 접근하는 것을 원치 않기라도 하듯이. 오프라는 친구들이 비밀을 눈치챌까 봐 전전긍긍했다. 그러는 와중에 학교에서 아이들 주변을 배회하며 다니다가 우연히 아기가 어떻게 태어나는지를 얘기하는 친구들의 대화를 엿듣게 되었다. 오프라가 성경험이 있다고는 하지만, 성에 대한 자세한 내용은 몰랐다. 자신에게 일어난 일과 임신이 연관성이 있다는 것을 알았을 때 소름이 돋는 듯했다. 그러다 보니 배가 아플 때마다 혹시 임신을 하지나 않았을까 하는 두려움에 휩싸였다. 이런 스트레스는 무서울 만큼 견디기 어려웠다.

오프라가 어린 시절에 다닌 학교는 밀워키 도심의 변두리에 있었는데, 주로 소수민족들이 다니는 곳이었다. 가끔 학생들 사이에서는 주먹다짐이 일어나곤 했지만, 오프라는 이런 다툼은 멀리하려고 애썼다. 그녀는 대부분 혼자서 책을 읽으며 보냈다. 오프라는 아무도 자신에게 관심을 주지 않는다고 생각했다. 하지만 한 선생님은 달랐다. 아브람즈 선생님은 오프라가 카페테리아에서 홀로 책을 읽는 모습을 자주 보았다. 그는 오프라가 모범생이라는 걸 알고 있었고, 자신의 꿈을 현실로 펼칠 잠재력이 있는 아이라는 걸 간파하고 있었다. 선생님은 그녀를 도울 방법을 모색했다. 덩컨 선생님과 마찬가지로 그도 오프라의 삶에 변화를 주는 중요한 영향력을 행사한다.

아브람즈 선생님은 '상급학교 진학 프로그램Upward Bound'라는 신설 프로그램을 생각해냈다. 실행한 지 2년밖에 되지 않은 이 프로그램은 연방정부가 계획한 것으로, 어려운 가정의 총명한 아이들이 대학교육까지 받도록 돕는 것이다. 경제적 원조와 심리상담은 말할 것도 없고, 더 높은 학업성취를 하도록 장학금도 제공했다. 오프라는 밀워키 외곽의 주로 중산층이 다니는 니콜레트 고등학교에서 장학금을 제안받았다. 그녀는 이를 수락했다.

오프라는 폴 사이먼의 노래 〈Born at the Right Time〉을 들을 때마다 자신을 노래한 거라는 착각에 빠져들었다. 오프라가 어린 시절을 보낸 당시 미국 전역에서는 인종관계에 거대한 변화가 일었다. 오프라가 태어난 해인 1954년, 그녀의 고향인 미시시피 주는 미국에서 인종 분리가 매우 심한 곳이었다. 심지어 음료수 가게와 화장실도 구분되었고, 학교도 마찬가지였다. 학교는 대체로 백인학교와 흑인학교로 분리되어 있었지만, 피부색에 상관없이 함께 다니는 학교도 있었다. 그러나 이런 일은 아주 드물었다. 흑인 아이들이 다니는 학교는 너무나 황폐했고, 선생님들은 대부분 최선을 다하긴 했지만, 가끔 자신의 본분을 망각한 선생님들도 있었다. 유능한 선생님들의 학급조차도 교재와 기본 원자재가 턱없이 부족했다.

하지만 상황이 바뀌기 시작했다. 1954년에 대법원은 진행 중인 브라운 사건(브라운이라는 사람이 캔자스 주 교육위원회를 대상으로 공립학교를 흑백으로 분리하는 것은 위헌이라고 낸 소송−옮긴이)에 대한 판결을 내렸다. 이 역사적인 재판에서 대법원은 만장일치로 "분리교육 기관은 본질적으로 불평등하다"라고 선언했다. 이 판결로 학교는 통합하기 시작했다. 하지만 이것은 서서히 진행 되었다. 1950년대 말과 1960년대를 거치며 공립학교 통합이 이루어졌는데, 특히 남부에서는 흑인과 백인 사이에 또 연방 정부와 주 정부 사이에 가혹한 충돌이 일어났다. 1964년에 연 방법으로 통과된 공민권법(公民權法 인종·피부색·종교·국적에 기초 한 차별을 철폐하기 위한 미국의 포괄적인 입법-옮긴이)과 1965년에 제정 된 투표권법은 차별대우에서 소수민족을 보호하는 방안이었 다. 이 이후로 미국 사회를 좀더 포괄적으로 만들려는 사람들 의 노력은 오프라에게 이롭게 작용했다. 이런 사회의 발전은 그녀가 더 좋은 학교에 갈 기회를 주었다.

그렇지만 오프라가 다닌 니콜레트 고등학교는 집에서 너무 나 멀었다. 그녀가 당시 의욕적으로 다닌 학교는 집에서 40킬 로미터나 떨어져 있었다. 매일 아침, 버스를 세 번이나 갈아타 고 학교에 다녀야만 했다. 버스를 같이 타고 다니는 사람 중에 는 엄마처럼 백인 집에 파출부로 나가는 사람들도 많았다.

오프라가 니콜레트에서 1학년을 시작한 1968년은 미국 역 사상 격동적인 해였다. 미국은 마틴 루서 킹 주니어와 로버트 F. 케네디의 암살로 혼란에 빠져들었고, 베트남 전쟁을 두고 격렬하게 나누어졌다. 민권운동은 흑인과 백인을 뭉치게 해주 었고, 이상주의 젊은이들이 그들과 합류해 변화를 위해 싸웠 다. 그러나 1960년대 후반 무렵 이 연합은 약해지기 시작했다.

니콜레트 고등학교 시절의 오프라 윈프리.

오프라는 솔직히 학교에 버스 타고 다닐 일이 약간 걱정이었다. 특히 백인집단 학교에서 유일하게 자신만이 흑인인 점은 불안한 요소가 아닐 수 없었다. 당시는 아칸소 주 리틀락 통합 고등학교에 흑인 학생 9명이 들어가서 1년간 정신적으로나 육체적으로나 멸시를 당하는 사건이 벌어지기 거의 10년 전이었다. 이런 사회상을 고려하면 오프라의 불안감은 당연한 것이었다. 그런데 어떤 이유에서인지 오프라는 학교에서 심하게 취급받지는 않았다. 사실, 그녀는 뭔가 매력적인 존재였다. 학교 친구들인 흑인 친구를 사귀는 것을 별로 개의치 않아, 방과 후에 집으로 초대하거나 주말에 놀러 오게 했다. 오프라는 주로 호기심으로 그들의 집을 방문했는데, 그곳에서 친구들이 사는 모습과 자신의 모습을 비교하고는 실의에 빠지기도 했다. 난생처음으로 오프라는 사람들이 돈으로 어떻게 치장하고 사는지를 보았다. 널따란 저택, 멋진 자동차, 이곳저곳을 윤이 반짝반짝 나게 닦는 가정부들. 오프라는 아마 엄마도 이런 친구들의 집에서 쓸고 닦고 할 것이라는 비참한 생각에 몸서리쳤다.

가끔 어떤 아이는 오프라에게 자랑삼아 파출부를 내보이며, 두 사람 모두 흑인이니 서로 아는 관계가 아니냐고 물었다. 같은 맥락으로, 반 친구 한 명이 세미 데이비스 주니어와 같은 당시 유명한 흑인 연예인들을 아는지를 물었다. 오프라는 이런 단순한 물음에 웃어야 할지 울어야 할지, 어찌할 바를 몰랐다. 오프라는 이런 경험이 자신에게 질투심을 유발하고 있다는 것은 명확히 알았다.

"그 아이들의 생활은 나와는 전혀 딴판이었어요. 저녁에 파출부들과 함께 버스를 타고 집으로 향하는 그런 삶과는 완전히 달랐다고요. 나는 우리 엄마도 그들의 엄마들과 같기를 바랐어요. 우리 엄마도 내가 집에 돌아오면 날 위해 쿠키를 준비해주며 '오늘 하루 어땠니?' 하고 물어봐 주는 그런 엄마이길요. 하지만 우리 엄마는 버스를 타고 돌아오는 길에 만나는 그 파출부들 가운데 한 사람이었어요."

성인이 된 오프라는 엄마의 삶 또한 힘들었다는 것을 이해했다.

"열심히 일하느라고 지친 엄마는 나를 사랑한다는 표현이…… 그저 내게 옷을 주고, 테이블에 음식을 차려놓는 거였어요." 그러나 당시 오프라는 엄마에 대한 동정보다는 엄마의 상황에 더 많은 분노를 느꼈다.

오프라가 청소년기에 삐뚤어진 행동을 한 데는 여러 이유가 있었다. 10대 때는 반항심이 커지는 시기로, 강간당한 경험이 있는 아이들은, 특히 이것을 비밀로 하는 아이들은, 종종 자신을 통제하지 못한다. 이런 일은 오프라에게도 일어났고, 자연스럽게 잘못된 길로 접어들기 시작했다. 당시 그녀는 스스로 섹스파트너를 정하기 시작했고, 그들과 늦게까지 밖에서 즐겼다. 오프라는 학교 친구들처럼 좋은 옷에, 영화나 외식과 같은 것을 제대로 하지 못한다는 것에 부아가 치밀어올라, 엄마 지갑에서 돈을 훔치기 시작했다. 그러다가 잡힐 때에는 거짓말을 했다.

"나는 온갖 문제란 문제는 다 일으키고 다녔어요." 오프라가 후회하는 듯이 말했다.

한 가지 우스운 사건도 있었다. 오프라는 안경이 필요했는데, 엄마가 해줄 수 있는 가장 최선의 안경테는 매우 볼품없는 잠자리 안경테였다. 처음에 오프라는 엄마에게 안경테가 마음에 들지 않는다는 이유를 설명하려고 애를 썼다.

"나는 엄마에게 그 안경이 정말로 내게 어울리지 않는다는 말을 하고 싶었어요. 나는 '엄마, 얘기 좀 해요. 이걸 쓰면 진짜로 못생긴 아이가 된다고요.'"

하지만 엄마는 다른 안경을 사줄 여유가 없었기에, 딸아이의 말은 귀담아듣지 않았다. 그래서 엄마가 밖에 나간 어느 날, 오프라는 차선책을 선택했다. 오프라는 그 안경을 짓밟아 망가트리고는 아파트를 엉망으로 만들어버렸다. 그러고 나서 경찰에게 전화해 울부짖었다.

"강도가 들었어요!"

오프라는 이미 배우가 되겠다는 비밀스러운 열정을 품고, 서서히 이를 준비하는 중이었다. 경찰이 도착했을 때, 오프라는 바닥에 늘어진 채로 누워 의식이 없는 시늉을 했다. 오프라는 완벽하게 경찰을 이해시키지는 못했지만, 어쨌든 경찰은 그녀를 병원으로 데려갔다. 병원에서 의사가 버니타에게 전화를 했고, 버니타는 황급히 병원으로 달려왔다.

버니타는 경찰에게서 아파트에는 없어진 것이 아무것도 없는 듯하고, 유일하게 안경만 부서졌다는 말을 전해 들었다. 그리고 오프라는 기억상실증에 걸렸다고 주장했다.

깨진 안경? 기억상실증? 버니타는 병실로 걸어 들어갔다. 병실에서는 오프라가 멍하니 위를 올려다보고 있었다.

"네가 기억상실증에 걸렸다는 소리를 들었다." 버니타가 말했다.

"아무것도 기억이 안 나요." 오프라가 말했다.

"그래, 네가 기억을 찾는데 3초를 주겠다." 버니타가 단호하게 말했다.

오프라는 두 눈을 살짝 깜빡거렸다. 그녀는 게임이 끝났다는 것을 알았다.

"이제 돌아왔어요…… 엄마!"

버니타는 몹시 화가 났지만, 마지못해 오프라가 지독히도 싫은 안경을 없애려는 자작극을 인정했다. 어찌 됐든 안경이 부서졌기 때문에 버니타는 딸에게 좀더 매력적인 안경을 사주었다.

안경 사건쯤이야 어느 정도 애교라 할 수 있었지만, 오프라의 삶에서 다른 많은 부분은 그렇지가 않았다. 오프라는 모든 면에서 엄마와 다투었고, 그러다가 화가 머리끝까지 치밀어 오르면 가출을 하곤 했다. 비꼬는 운명의 뒤틀림 속에서 오프라는 첫 번째 가출에서 우연히 유명인사와 접촉할 기회를 얻었다. 오프라는 가출해서 여자 친구 집에서 잠을 잘 계획이었지만, 예상치 못하게 친구와 그 가족이 주말에 여행가는 바람에 집을 비우게 되었다. 어찌할 바를 몰랐지만, 집으로 돌아가고 싶지는 않았다. 그때 밀워키 시내에 주차된 흰색 리무진 한 대를 보았다. 안에 누군가 앉아 있었는데, 자세히 보니 그

유명한 솔soul 음악의 퀸 아레사 프랭클린이 아닌가!

주저하지 않고 오프라는 프랭클린에게 가서 넋두리를 늘어놓았다. 부모가 자신을 집에서 쫓아내서 오하이오에 있는 친척에게 꼭 가야만 한다고 절규했다. 오프라의 연기 재능이 다시 한번 발휘되었다. 아레사 프랭클린은 속아 넘어가서 오프라에게 100달러를 주었다. 그 돈이면 오프라가 이삼일 정도 추위에 떨지 않을 방을 구하기에는 충분했다. 돈이 다 떨어지자 오프라는 가족이 다니는 교회 목사를 불러서 그 상황을 잘 무마할 수 있게 도와달라고 청하여 집으로 돌아갔다.

하지만 목사조차도 계속해서 그녀를 지켜줄 수는 없었다. 엄마와 딸은 서로 빈번히 이런 일을 되풀이했다. 버니타는 오프라에 진저리가 났고, 그들의 가정 상황이 서로에게 도움이 되지 않는다는 것을 깨달았다. 그러자 버니타는 오프라를 '비행소녀 보호소'에 보내기로 과격한 결단을 내렸다. 보호소에서 오프라는 꼭 필요한 훈육과 체계를 배울 것이다. 이 소식은 지난 몇 년간 엄마와 그 많은 불화를 겪은 오프라에게도 충격으로 와 닿았다. 그녀는 명백하게 그때의 생각을 기억했다.

'나는 영리한 애야. 그런데 왜 지금 이러고 있지?'

그런데 운이 좋게도, 오프라 차례가 되자 보호소에는 정원이 차서 사용할 침대가 없었다. 보호소에 들어가려면 거의 두 달간이나 기다려야 했다. 버니타는 그 기간을 견딜 수 없었다. 오프라를 하루라도 빨리 집에서 내보내고 싶어 안달이 났다. 결국 버니타는 다시 한번 버논에게 전화를 걸어 딸을 데려갈 것을 청했다. 돌이켜 생각해보면 버논이 흔쾌히 오프라를 내슈빌로 데려간 것이 오프라의 삶을 구한 것이라 할 수 있다. 그렇다고는 해도 오프라는 말 못할 비밀을 간직한 채 내슈빌로 향했다.

4
재능을
발견하다

버논과 새엄마 젤마는 오프라가 내슈빌로 돌아온 것이
기뻤다. 하지만 오프라의 변한 모습을 보자 두 사람은 마음이
착잡했다. 당시 10대인 오프라는 건방진 말투와 거짓말을 밥
먹듯이 했고, 버논을 팝스(Pops, 아저씨)라고 불렀다. 우선 버논
은 오프라에게 자신을 '아버지'나 '아빠'로 칭하도록 말본새
부터 고쳐주었다. 하지만 그는 딸아이가 버르장머리가 없어
진 것보다 뭔가 다른 문제가 있다는 걸 어렴풋이 눈치챘다.
열네 살 된 오프라는 임신 중이었다.

오프라가 자신의 몸 상태를 언제부터 알고 있었는지는 명
확하지 않다. 배가 아플 때마다 혹시 임신이 아닐까 하고 의
구심을 품은 오프라는 아마도 한동안 이를 부정한 것 같았다.
심지어 배가 불러오면서, 무슨 일이 생겼는지를 알아차렸을

때조차도 아무에게도 말하지 않았고, 오히려 임신 사실을 숨기려고 헐거운 옷을 입고 다녔다. 버논과 젤마는 오프라가 임신 7개월째에 조산 기운을 느끼며 진통을 호소할 때에서야 비로소 이 엄청난 사실을 알았다. 그녀가 낳은 사내아이는 고작 2주 정도밖에 살지 못했다.

임신과 출생, 그리고 아기의 죽음은 오프라에게는 충격이었다. 오프라는 충격이 너무 큰 나머지 아기에 대해서 말 한마디도 입 밖에 내지 않았고, 철저하게 비밀에 부쳤다. 오프라가 유명해지고서 이 이야기가 누출되었다. 여동생 파트리샤가 이 비밀을 타블로이드판 신문에 팔아먹은 것이다. 이 배신행위는 너무도 엄청나고 치 떨리는 일이었다. 말 그대로 다 큰 오프라를 침대에서 꼼짝도 못하고 엉엉 울게 한 사건이었다.

"아이가 태어나던 날까지 임신 사실을 숨겼어요. 이 일에 책임 있는 사람은 한둘이 아니었어요." 정신을 가다듬고 침대에서 일어난 오프라가 말했다.

오프라는 누가 아기의 아버지인지도 확실히 알지 못했다. 그녀를 마지막으로 강간한 남자는 삼촌이었다. 하지만 당시 그녀는 10대 남자 아이들과도 섹스했다. 나중에 안 사실이지만, 엄마 버니타 역시 오프라를 '수치스럽게' 가졌고, 버논이 아이의 아버지라는 것도 100퍼센트 확신하지 못했다. 2006년 오프라는 〈흑인들의 삶African American Lives〉이라는 PBS

TV 프로그램에 출연해, DNA를 통해 자신의 뿌리를 추적하기도 했다. 아버지 버논도 이 검사를 받았는지는 명확하지 않다. 어찌 됐든 오프라는 말하기를, "아버지가 저를 받아들인 걸 감사히 여겼어요…… 그리고 지난 수년간 사람들은 내게 '음, 그분이 네 아버지인지 아닌지는 잘 모르잖아'라고 했어요. 하지만 그분은 내 유일한 아버지세요. 그분은 어떤 상황에서도 나를 책임져주셨어요. 아버지는 구원이 절실히 필요한 시절에 내 생명을 구원해주셨다고요."

이미 입증되었듯이, 버논은 오프라가 어린 시절의 아픔을 이겨내는 데 완벽하게 도움을 주었다. 그에게는 아버지로서의 경험이 어린 시절에 오프라와 함께 산 그 시절이 전부이긴 했지만, 아이를 어떻게 키워야 하는지를 알고 있었기에, 딸아이의 삶에서 부족한 틀을 공급해주었다.

"아버지의 훈육은 애정결핍인 제게 새로운 방향을 제시했어요…… 아버지는 자신이 무엇을 원하는지, 무엇을 기대하는지를 확실히 알고 계셨기에, 그 어떤 것과도 타협하지 않았어요." 훗날 오프라는 스스로 인정했다.

버논은 좀더 쉽게 이렇게 말했다.

"내가 너에게 모기가 마차를 끌 수 있다고 하면 그런 줄 알아라. 그저 놈을 마차에 묶기만 해라!"

오프라는 아기가 살아 있었다면 10대 미혼모로 살아가는 자신의 삶이 매우 위태했으리라는 것을 매우 잘 알고 있었다. 아기의 죽음을 맞이하여 그녀의 감정은 아마도 슬픔과 안도 감으로 뒤죽박죽이었을 것이다. 한 번 더 아기를 갖게 될 기회가 있었다면 오프라는 잘 받아들일 준비가 되어 있었다.

아버지에게로 온 이후로 그녀는 변하기 시작했는데, 우선 외모에서 시작되었다. 밀워키에서 함께 놀던 친구들이 내슈빌에서 그녀를 만났다면 아마 알아보지 못했을 것이다. 몸에 딱 맞는 옷과 두꺼운 화장은 사라졌다. 이제 그녀는 주름치마에 팔이 긴 블라우스를 얌전하게 입었다. 헤어스타일은 깔끔하게 머리띠를 해서 단정하게 정돈했다. 아마도 상징적으로 자신이 변했다는 것을 보여주고 싶은 마음에 그녀는 닉네임으로 중간 이름인 가일을 쓰기 시작했다.

1968년 9월, 오프라는 내슈빌의 이스트 고등학교에서 10학년을 시작했다. 이스트 고등학교는 내슈빌에서 인종차별을 하지 않는 학교 중 하나였고, 1971년 오프라의 졸업반은 흑인과 백인이 함께 다니는 혼합반이었다. 이런 경험은 오프라를 기이하게 여긴 니콜레트 학교와는 완전히 달랐다. 이곳에서 그녀는 흑인 학생들 그룹의 일부일 뿐이었다. 오프라는 흑인과 백인 친구들을 통틀어서 인기가 많았다.

그렇다고 처음부터 오프라가 인기 있는 학생은 아니었다. 오프라는 초창기에는 과목별 점수를 연속해서 대부분 C를 받았다. 최근의 아기 사건과 관련된 정신적인 충격에서 벗어나지 못하는 오프라에게 버논과 젤마는 해이해지지 않도록 단단히 타일렀다.

"네가 C밖에 받지 못하는 아이라면 너에게 더는 기대할 것이 없다. 하지만 넌 그런 아이가 아니야. 그리고 이 집에서 C는 도저히 받아들일 수 없는 성적이야."

이런 압박을 받으며 오프라는 다시 한번 학업에 전력을 기울였다. 오프라가 아홉 살 때와 똑같이 젤마와 버논은 책을 읽게 하고서 독후감을 쓰도록 했다. 유독 교육의 중요성을 강조하는 버논의 성격은 증조부인 콘스탄틴 윈프리에서부터 시작했는지도 모른다. 그의 증조부는 한때 '유색 어린이들'을 위한 학교를 운영했다.

베티 스미스의 『나를 있게 한 모든 것들 A Tree Grows in Brooklyn』은 오프라가 좋아하는 책 중 하나인데, 이 책은 20세기 초반에 힘겨운 가정에서 자라난 한 소녀에 관한 내용이다.

"우리 집에도 뒤뜰에 나무가 한 그루 있었어요. 그래서 주인공에 동화됐죠. 그 아이의 삶이 나와 똑같다고 느꼈거든요."

그러나 10대 오프라에게 가장 심오한 영향을 미친 책은 마여 안젤루의 『새장에 갇힌 새가 왜 노래를 하는지 나는 아네 I Know Why the Caged Sings』이다.

"음, 무엇보다도 성폭행을 당한 또 다른 여성을 만난 것이 처음이었어요. 이 책은 미시시피에서 자라난 한 흑인 소녀도 가치가 있다는 것을 느끼도록 해준 책이었어요." 훗날 그녀가 말했다.

또한 버논과 젤마는 오프라가 다시 한번 대중 앞에서 설교할 기회를 얻게 되자, 지원을 아끼지 않았다. 예전에 오프라가 대중 앞에서 연설하면 사람들에게 긍정적인 관심을 이끌어내었다. 버논은 오프라에게 거대한 잠재력이 있다는 것을 알았다.

"우리는 오프라가 연기와 설교에 재능이 있다는 것을 알았어요. 그 아이는 학교에서나 교회에서 그저 뒷좌석에 앉아만 있는 그런 애가 아니었어요. 오프라는 늘 스포트라이트를 받는 걸 좋아했어요."

분명히 그녀는 주목받는 걸 좋아했다. 곧 오프라는 밀워키에서의 힘든 시절 이전에 가졌던 자부심을 회복하여, 또 한번 긍정적인 관심을 이끌어내었다. 버논은 진보 선교회의 집사였고, 오프라는 이곳을 위해 일하기 시작했다. 교회 성가대가 입을 새 의복을 맞출 기금을 모으고자 지역 교회들을 순방하며 초청강연을 열었다. 강연 내용은 제임스 웰든 존슨의 〈하나님의 트롬본God's Trombones〉 설교에 기초한 것이었다. 오프라는 가장 극적인 설교인 '십자가에 못 박힘'을 아주 잘 설명했다는 찬사를 받았다.

침례교회의 장로들 가운데 칼 애덤스도 오프라의 강연을 들었다.

"그 아이는 마치 사람들을 마법에 걸리게 한 듯했어요. 오프라는 항상 정신적으로 충만함을 주었어요."

오프라가 열여섯 살 때 아주 흥미진진한 사건이 발생했다. 로스앤젤레스에서 온 목사가 내슈빌에서 그녀의 강연을 들었다. 목사는 그 연설에 몹시 감명받아, 자기 교회에 와서 설교해달라고 요청하며 사례로 5백 달러를 주었다. 이것은 오프라의 삶에서는 획기적인 사건이었다. 오프라는 강연해달라는 요청을 받는 영예를 얻은 데다 매혹적인 할리우드를 방문할 기회가 생겼다. 할리우드에서 스타의 생활이 어떤지를 처음 경험해 보았다. 오프라는 로스앤젤레스 관광을 하면서 그라우맨스차이니즈 극장(지금은 맨스차이니즈라 불림. 중국의 사원건축을 모방하여 붙여진 이름-옮긴이)도 가보았다. 극장에서 유명한 영화배우들의 손자국과 발자국들이 콘크리트에 새겨진 모습을 보았다. 오프라는 내슈빌로 돌아와서 아버지에게 언젠가 자신도 스타가 될 것이라고 얘기했다. 버논은 반대하지 않았다. 그도 언젠가 딸아이가 유명해지리라 믿었다.

하지만 오프라는 미래의 삶만을 생각하지는 않았다. 고등학교에서도 아주 즐거운 일을 많이 했다. 그녀는 토론과 대중연설을 겸하는 토론클럽에 가입해 적극적인 활동을 했고, 총

학생회 부회장에 입후보했다. 슬로건은 'Grand Old Oprah 에게 투표를' 이었는데, 이것은 내슈빌의 가장 큰 자랑인 컨츄리 뮤직홀 'Grand Ole Opry'를 모방한 것이다. 오프라가 세운 공약은 학교 카페테리아 음식의 질을 높이고, 졸업반 무도회 파티에 라이브 밴드를 초청하겠다는 것이다. 또 자신의 열일곱 번째 생일에 학교 체육관을 빌려서 졸업반 학생들을 모두 초대하겠다고 했다.

또한 오프라는 같은 졸업반 친구 앤서니 오타라는 친구를 처음으로 진지하게 사귀기 시작했다. 그러자 버논은 오프라에게 충고를 한마디 해주었는데, 그것은 스스로 자신을 존중한다면 남자 아이들도 그녀를 존중해줄 것이라는 말이었다. 앤서니와 오프라는 데이트하면서 키스조차도 자제하면서 육체적 관계에 신중을 기하기로 했다. 세월이 흘러 앤서니가 오프라의 강간사건과 문란한 성생활, 그리고 아기의 출생 등에 대해서 알게 되었을 때 크나큰 충격을 받았다. 그들의 관계는 로맨틱했지, 육체적이지 않았기 때문이다.

앤서니는 지역 동아리에서 오프라를 만났다. 그 또한 인종차별이 없는 이스트 고등학교에 다니는 흑인이었다. 성인이 된 그는 오프라를 처음 본 순간을 기억했다.

"그녀는 머리를 가닥가닥 땋아 내렸어요. 친구와 나는 프레드 더글러스 커뮤니티 센터에 있었어요. 그녀는 춤을 추는 아

이들을 지켜보고 있었죠. 그러자 남자아이들이 저 여자애는 누구지?"라고 말했어요.

앤서니는 오프라와 데이트를 하고서 그녀에게 완전히 반해서 황급히 여자 친구가 되어 달라는 장문의 편지를 썼다. 오프라는 처음에는 냉정하게 거절했다.

"네 제안이 아직 유효한지는 모르겠지만, 그 얘기 말인데, 지금 당장은 거절이야. 분위기가 좀 시시해서."

앤서니와 오프라는 졸업반 내내 서로 편지 수백 통을 교환했다. 그들은 밤에 편지를 쓴 다음 아침에 주고받았다. 오프라는 설령 아버지는 이런 사랑을 이해해주지 못한다 하더라도, 분명히 하나님은 그렇지 않을 거라는 내용 등을 덧붙이며, 자신이 그를 얼마나 사랑하는지를 묘사했다. 앤서니의 편지들 가운데 하나를 엿보면, "오늘 내 감정은 말할 수 없을 정도야. 왜 그런지 알아? 어디 추측해 봐……. 오늘이 아름답고 황홀한 건 너와 사랑에 빠졌기 때문이야. 누가 말했더라, 네가 없는 세상은 태양이 없는 세상과 같다고? 웃어 봐!" 앤서니는 미술을 공부했기 때문에 편지지에 자그마한 그림을 그려 넣기도 했다.

오프라와 앤서니는 셜비파크에 가서 친구들과 돌아다니며 오리에게 먹이도 주고, 원반던지기와 같은 단순한 활동을 즐겼다. 좀더 형식을 갖춘 데이트를 할 때면 피자헛이나 버거킹에 가서 음식을 먹으며 시간을 보냈고, 가끔 영화도 보았다. 그들은 사이먼 앤 가펑클의 〈험한 세상에 다리가 되어Bridge over Troubled Water〉를 부르며 즐겼고, 비밀스러운 암호게임도 했다. 사람들 앞에서 그들은 "사랑해"라고 말하는 대신에 "사방이 온통 풀밭이네"라고 했다.

앤서니와 오프라는 버논에게 두 사람이 꾸준히 건전하게 사귈 거라는 확신을 심어주기란 쉽지 않았다. 두 사람은 엄격한 규칙에 따라 행동해야만 했다. 앤서니는 오프라를 집으로 데리러 가야만 했고, 데이트 시간은 저녁 11시를 넘지 말아야 했다. 11시 1분만 되면 버논은 목을 학처럼 빼고 그들을 기다렸다. 두 사람이 집에 있을 때는 버논이나 새엄마 젤마 둘 중 한 사람이 늘 함께했다. 이런 엄격한 규제 속에서도 앤서니와 오프라는 미래를 설계했다. 두 사람은 언젠가 결혼해서 아기를 낳는 문제에 대해서 이야기를 나누었다. 하지만 먼 훗날 앤서니는 그것이 단지 꿈일 뿐이라는 사실을 알고 있었다고 고백했다. 그는 그녀가 성공을 향해서 가고 있고, 아마도 자신은 그녀와 함께하지 못할 거라는 사실을 느꼈다고 했다.

"가일에 관해 가장 많이 기억나는 건 그녀는 무엇을 하고 싶은지를 일찍부터 알고 있었다는 겁니다. 영화배우가 되고 싶다고 했어요. 그녀는 여배우가 되길 원했어요…… 그러려면 무엇을 해야 하는지도 알고 있었어요. 그래서 열심히 했

죠. 그리고 배가 들어오는 순간, 이를 놓치지 않고 얼른 올라
탔어요."

앤서니가 이렇게 느낀 이유를 이해하기는 어렵지 않다. 어
떤 전환점을 맞이할 때마다 그녀는 새로운 갈채를 받거나 성
공을 했다. 로스앤젤레스로 여행할 때에도 오프라는 콜로라
도 주 에스티스 파크에서 열린 청소년 백악관회의에 고등학
교 대표로 참석했다. 이 회의는 특출한 10대들과 비즈니스 리
더들이 모여 미국 청소년들의 관심사에 대해 토론하는 자리
였다. 그리고 얼마가 지나, 엘크 클럽(흑인 후원단체-옮긴이)이 주
최한 웅변대회에서 우승해, 상금으로 대학 4년간 장학금을 받
았다. 그리고 졸업반 시절에 인생의 목표를 결정할만한 커다
란 계기를 맞는다.

그 모든 것은 10센트짜리 동전을 모금하는 캠페인에서 비
롯되었다. 오프라는 모금 운동을 하려면 후원받을 지역 기업
이 필요하다고 여겼다. 그래서 WVOL 라디오 방송국을 찾아
가서 자신을 후원할 수 있는지를 물었다. 디스크자키 존 하이
델베르크는 그녀를 지지해 주겠다는 데 동의했다. 하지만 그
는 캠페인이 끝나고 다시 오라는 말을 하려다 갑자기 오프라
에게 한 가지 제안을 했다. 오프라의 목소리를 녹음해보자는
것이었다. 그는 톡톡 튀고 확신에 찬 개성 있는 목소리로 말
하는 오프라의 말투가 인상적이었기에, 이 아이는 라디오에

딱 맞는 목소리를 지녔다고 생각했다.

30년여 년이 지나, 한 방송국의 사장이 된 존 하이델베르크가 '오프라 쇼'에 출연했다. 두 사람은 예전에 그가 오프라에게 뉴스 원고를 쥐어주며 녹음실로 들어가 어서 읽어보라고 재촉하던 일 등을 떠올리며 유쾌하게 웃었다. 오프라는 그때 조금도 당황하지 않았다고 했다. 이제껏 경험 덕분에 그녀는 아주 잘 읽을 수 있을 거라고 확신했다. 오디션은 무척이나 인상적이었기에, 하이델베르크는 다른 사람들을 불러서 그녀의 목소리를 듣도록 했다. 오프라의 기억으로는 오디션 본 바로 그날 일을 제안받았다.

당연히 그녀에게 이보다 더 좋은 기회는 없었다. 그녀는 방송국 간부에게 아버지에게 전화해달라고 부탁했다. 버논을 이해시키기란 쉽지 않았다. 버논은 당시 운영하던 이발소 옆에 자그마한 청과상을 차렸는데, 오프라가 이곳에서 일손을 도왔다. 버논은 딸을 내보내고 월급을 주는 종업원을 구하고 싶지 않았다. 하지만 방송국 간부의 설득을 듣고는 딸의 길을 막을 수 없다는 걸 깨달았다. WVOL 방송국은 오프라가 방과 후에 방송국에 와서 시간제로 뉴스를 진행하는데, 1주일에 100달러를 주겠다고 제안했다. 오프라는 방송국에 일자리를 얻은 것에 전율을 느꼈다. 청과상에서 더는 일하지 않아도 되었다.

이제 고등학교 시절이 막바지에 이르렀다. 오프라는 졸업 반에서 '가장 인기 많은 여학생'으로, 앤서니는 '가장 인기 많은 남학생'으로 뽑혔다. 두 사람은 함께 댄스파티에 갔다. 하지만 파티가 끝나고 나서 오프라는 그에게 말했다.

"할 말이 있어."

앤서니는 이것이 무슨 뜻인지를 직감했다. 이별을 고하려는 것이었다. 오프라의 삶은 가속이 붙었고, 그는 이미 오프라에게 뒤처져 있었다.

3년이라는 짧은 기간에 오프라 윈프리는 겉으로 보기에는 완전히 다른 사람으로 바뀌었다. 게다가 더욱 영리해졌고, 늘 그래 왔던 것처럼 자발적인 젊은 여성이 되어갔다. 그러는 와중에 오프라의 방송 생활은 서서히 진행되었고, 그 길은 탄탄대로였다. 이제는 과거에 연연해 할 필요가 없어졌다.

5
그녀만의
독특한 개성

오프라는 엘크 클럽에서 받은 장학금으로 집에서 좀 떨어진 대학을 다니고 싶었으나, 아버지 버논은 내슈빌의 흑인 전용 테네시 주립대학에 등록하기를 고집했다. 고등학교 시절 오프라의 눈부신 활약상을 직접 눈으로 지켜보았지만, 그래도 그는 아직 딸아이를 떠낼 준비가 되어 있지 않았다. 오프라는 대학을 집에서 다니는 것이 그리 달갑지 않았다. 특히 테네시 주립대학에는 라디오나 텔레비전을 전공할 과가 없었기 때문에 하는 수 없이 화법과 드라마를 전공해야만 했다. 그렇다 하더라도 그녀는 아버지의 의견을 순순히 받아들여 집에서 대학을 다니기로 했다. 지출에 필요한 돈은 WVOL 방송국에서 일해 벌기로 했다.

라디오 방송국에서 일을 시작한 지 6개월 정도가 지나자,

방송국은 오프라에게 또 다른 일을 제안했다. WVOL은 오프라보고 화재예방 미인대회에 참석할 것을 권유하며, 그녀가 빼어난 후보라고 단정 지었다. 오프라는 이 제안에 경악했다. 오프라는 대중 앞에서 연설하는 데는 익숙했지만, 자신이 미인대회 재목이라고는 상상조차 하지 못했다. 게다가 이제껏 이 대회의 우승은 백인의 몫이었다. 그렇지만 오프라는 이를 거절할 명분이 없다고 판단하여 참가하는 데 동의했다.

"음, 그저 참가해서 걷고, 행진하고…… 몇 가지 질문에 대답하기만 하면 됐어요. 그런 게 소규모 미인대회잖아요. 음, 아무도 제가 우승할 거로 생각지 못했어요…… 그래서 저도 무척 마음이 편했어요. 저는 이렇게 생각했어요, '와! 새 드레스가 생기겠구나. 정말로 멋진데.'" 이런 마음가짐으로 오프라는 미인대회를 그저 즐기기로 했다.

대회 막바지에 이르자 심사위원들이 참가자 각자에게 같은 질문을 던졌다.

"백만 달러가 생기면 무엇을 할 건가요?"

어떤 이유에선지 그해에는 참가자 중에 빨간 머리 소녀들이 대여섯 명이나 되었다. 빨간 긴 머리를 한 첫 번째 소녀는 아버지께 새 트럭을 한 대 사주겠다고 정직하게 말했다.

"저는 어머니에게 최고로 비싼 냉장고를 사주겠어요." 두 번째 빨간 머리 소녀가 대답했다.

다음으로 오프라가 마이크 앞으로 나와서 심사위원들에게 미소를 활짝 지어 보이며 말했다.

"제가 백만 달러를 갖게 된다면 그냥 마구 써버리겠어요. 무엇에 쓸지는 정확히 모르겠지만, 그냥 마구 써버리겠어요. 무조건 써버리겠다고요."

심사위원들은 한바탕 크게 웃었다. 오프라는 젊은이답게 신선함을 안겨주었고, 그녀가 콘테스트의 주인이 되었다.

화제예방 미인대회에서 우승한 오프라 윈프리

대학 초창기에 오프라는 WVOL에서 뉴스를 진행하는 일이 가장 중요한 부분을 차지했다. 대학 생활 자체는 좀 실망스러운 부분이 있었다.

"나는 대학이 지겹고, 짜증이 났어요. 진저리날 만큼." 그녀가 말했다.

오프라를 가장 괴롭힌 것은 캠퍼스에 만연한 흑인 차별을 향한 투쟁운동이었다. 1950년대와 1960년대는 미국 민권운동(1950년대 말 미국에서 시작한 대중운동으로 비폭력 저항 활동을 통해 백인 전용과 유색인종 전용으로 공공시설을 엄격히 구분하는 남부의 관행을 깨뜨리자는 운동-옮긴이)의 중심이 비폭력 수단을 통한 인종통합에 있었다. 이런 운동에 참여한 흑인들은 심리와 전술 면에서 점점 더 분개하고 더욱 과격해졌다. 하지만 그 어느 것도 오프라의 심금을 울리지 못했고, 오프라는 동참하지 않는 자신의 행위가 캠퍼스 학생들에게 비난받는 것에 대해 분개했다.

당연히 오프라는 흑인 권리의 중요성에 대해 아주 잘 알고 있었다. 특히 그녀는 지하철도를 통해 수많은 노예에게 자유를 찾아준 해리엇 터브먼과 노예폐지론자이자 여성 권리를 위해 싸우는 소저너 트루스를 존경했다. 어느 날 우연히 거울을 바라보다가 자신을 뚫어지라 노려보는 흑인 여성의 얼굴 때문에 몹시 괴로웠다. 하지만 이전에 통합학교에 다닌 경험 때문인지, 백인들을 유난히 멀리하고 싶은 감정이 들지 않았고, 백인이 적이라는 인식에 동의할 수 없었다.

"무척 화가 났어요. 인종에 대한 대화를 나눌 때마다 나는 늘 반대편에 서 있었어요. 아마도 다른 흑인들이 분출하는 억압을 전혀 느끼지 못했기 때문일 겁니다."

여느 때처럼 사생활은 그다지 행복하지 않았지만, 오프라 교육 수준과 직업 수준은 나날이 높아져 갔다. 테네시 주립대학 2학년 시절인 1973년, 오프라는 내슈빌의 CBS와 합병한 WTVF의 간부 크리스 클라크에게서 영입 제안을 받았다. 당시 그녀의 나이 19세였다. 클라크는 라디오방송을 듣고, 오프라가 마음에 들었다. 그래서 그는 오프라의 재능을 텔레비전에 선보일 계획을 세웠다. 당황한 오프라는 그의 제안을 거절했다. 오프라는 지레 겁을 먹고 스트레스 높은 일을 감당하지 못할 것만 같았고, 또 그 일을 하면서 동시에 학업을 계속할 자신이 없었다. 게다가 오프라는 배우가 꿈이 아니었던가.

클라크는 포기하지 않고, 적어도 오디션 정도는 와서 보라고 설득하며 두 번이나 전화를 했다. 혼란스럽기도 하고 으쓱해지기도 한 오프라는 믿고 따르던 윌리엄 콕스 교수에게로 가서 조언을 구했다. 교수님은 웃으면서 오디션을 거절한 바보 같은 행동을 꾸짖었다.

"왜 사람들이 기를 쓰고 대학에 오려고 하는 줄 아니? 그래야 CBS가 불러주기 때문이야."

오프라도 교수님을 따라서 웃었다. 그러자 갑자기 선택이 명확해졌다. 하다못해 오디션 정도는 보는 것이 현명하다는 판단이었다. 비록 라디오에서 뉴스를 진행한 경험이 있다고 는 하지만, 텔레비전은 뭔가 좀 다른 구석이 있었다. 오프라 는 어떻게 해야 자신을 진정으로 나타낼 수 있는지가 고민이 었다. 그래서 '투데이' 뉴스를 공동 진행하던 바버라 월터스 를 롤 모델로 모방하는 것이 낫겠다는 생각을 했다.

당시 텔레비전에서 뉴스를 진행하는 여성이 몇 명 있기는 했지만, 대체로 이것은 남성(백인 남성)의 전유물이었다. 1970 년대 시절, 흑인과 여성들은 미국 전역에서 불어오는 소수 민 족을 고용하자는 평등권과 차별정책·철폐정책의 일환으로 그저 텔레비전에 출연만 하는 정도였다. 오프라는 자신이 텔 레비전에 고용되었다고는 하더라도, 이것은 단지 흑인 여성 고용정책 때문인데다, 방송국 입장에서는 한 사람 출연료로 소수민족 두 사람을 고용할 수 있는 장점 때문이기도 했다. 하지만 오프라는 이런 것에 주눅이 들지 않고 이 일을 받아들 이기로 했다.

'바버라 월터스, 바버라 월터스, 될 수 있는 대로 눈맞춤을 많이 해야 해. 적어도 그렇게 하면 바버라처럼 보일 테니까 말이야.' 당시 열아홉 살 난 오프라는 오디션에 들어서면서 마음속으로 이렇게 되뇌었다. 그녀는 월터스가 점잖게 다리를 꼬고 앉은 모습과 번갈아가며 원고와 카메라를 바라보는 모습을 흉내 냈다.

방송국 간부인 크리스 클라크는 오프라가 군이 바버라 월 터스를 흉내 내지 않았더라도 그녀를 채용할 계획이었다. 시 작부터 당장 그녀의 강한 매력이 스크린을 점령했다.

"믿을 수 없을 정도였어요. 오프라를 처음 본 순간 '바로 이거야' 라는 생각이 들었어요. 이런 경험은 아주 낯선 것이 었어요."

클라크가 오프라에게 상당히 실속있는 일을 제안했다. 그 녀는 WTVF 방송국에서 주말 앵커 일을 맡았기에, 주중에는 학업을 계속할 수 있었다. 방송국에서 받은 급여는 연봉 1만 5천 달러로, 아버지인 버논이 이발소나 식료품 가게에서 번 금액보다 많았다. 클라크는 오프라가 아주 마음에 들었지만, 그래도 그녀에게 처음부터 큰 기회를 주어서는 안 된다는 것 을 알고 있었다. 내슈빌은 남부 도시로, 방송에 흑인이 출연 한 적이 한 번도 없었기 때문에 주의할 필요가 있었다.

"당시 내슈빌에는 인종적인 긴장감이 팽배했었죠…… 그 런데 별로 불평은 없었어요. 사람들이 단순히 받아들이더라 고요."

시간이 지나 마침내 오프라는 일일 저녁뉴스 공동 진행자 가 되었다. 그녀에게는 사람들을 매료시키는 남부 특유의 스타일이 있었다. 물론 내슈빌의 일부 백인들은 분명히 흑인들이 일반 미국사회, 특히 내슈빌에 침입하는 것을 달가워하지 않았다. 한 가지 에피소드를 소개해보면, 오프라가 어떤 이야기를 취재하는 중에 어떤 백인 가게주인에게 자신을 소개하며 악수를 청한 적이 있었다.

"우리는 깜둥이들과는 악수하지 않아." 남자는 몸을 돌리면서 말했다.

"그 깜둥이들도 분명코 달가워하지 않을 겁니다!" 오프라는 모욕적인 그의 언사에 완벽한 대답을 했다.

아이러니하게도 오프라의 텔레비전 출연은 그녀를 대학 친구들에게서 더욱 멀어지게 했다. 그녀는 유명해진데다 돈도 잘 벌었기에 시기를 받았다. 친구들은 방송국에서 소수계 우대정책에 따라 오프라를 고용했다고 비아냥거리며 그녀를 '징표'라고 불렀다. 다른 학생들의 이런 멸시는 오프라를 상당히 괴롭혔지만, 결국 그녀는 최후의 승리자가 되었다. 그녀는 '징표'였을지는 모르지만, 그래도 '돈을 버는 행복한 징표'였다. 반면에 일부 친구들은 그녀에게 돈을 빌려달라고 부탁하는 일도 생겼으며, 이럴 때 오프라는 관대하게 현금을 빌려주거나 식당에서 식사 값을 대신 계산했다. 훗날 그녀는 남들에게 잘 보이고 싶은 마음에, 또 다른 사람들을 행복하게 해주고 싶다는 욕망 때문에 풍요로움을 나눠야 한다는 의무

감이 있는 듯했다고 인정했다.

오프라가 성공했다손 치더라도 생모한테 받은 폭력과 불안정함에서 기인한 상처는 아직 치유가 시작도 되지 않았다. "그런 식으로라면, 당신의 무거운 과거를 현재로 질질 끌고 오게 되고, 그러면 그것은 당신이 앞으로 나아가는 데 방해가 되죠"라는 말을 오프라는 훗날이 되어서야 이해했다.

1976년에 오프라는 자신을 제대로 인식하는 수준까지 도달하지 못했을지는 모르지만, 앞으로 나아갈 준비는 되어 있었다. 이건 감정적으로가 아닌 바로 글자 그대로의 전진을 의미했다. 메릴랜드 주 볼티모어에 있는 텔레비전 중역진들이 오프라가 뉴스 진행하는 모습을 보고 ABC 방송국 계열사인 WJZ 방송국에서 일하자는 연락을 보내왔다.

당시 오프라는 아직 대학을 채 마치지도 않은 시기였기에, 졸업을 하려면 꼭 참여해야만 하는 '시니어 프로젝트'를 완수해야 했다. 하지만 오프라는 이 문제는 일단 미루기로 하고 방송국의 제안을 수락했다. 볼티모어는 미국에서 10번째로 큰 텔레비전 시장이었고, 이브닝뉴스의 공동앵커 자리는 뿌리칠 수 없는 유혹이었다. 게다가 그녀는 내슈빌을 떠나고 싶은 개인적 이유가 있었다.

이제 오프라는 스물한 살을 넘겼는데도, 아직도 아버지 집에서 더부살이 중이었고, 더군다나 엄격한 아버지의 통제에서 벗어나지 못한 상태였다. 오프라는 진정으로 자유로이 집을 드나들고 싶었다. 게다가 사랑도 뜻대로 되지 않았다. 그녀는 부바라는 별명을 가진 젊은이와 가끔 관계를 유지하고 있었다. 오프라는 그에게 흠뻑 반해 있는 상태였기에, 텔레비전 방송국으로 떠날 때 라디오 방송국에서 자신이 맡았던 일자리를 그에게 주자는 요청을 했다. 오프라에게 호의적인 방송국은 순순히 그녀의 청을 들어주었으나, 부바에게는 재능이나 성공해야겠다는 열정이 전혀 없었다. 그렇다고 그는 오프라에게도 완전히 전념하지 않았다. 그런데도 공공연히 혹은 사적으로 오프라는 그에게 혼이 빠져 있었다. 하지만 볼티모어로 가서 일할 시기가 되자 오프라의 본능은 그곳으로 가라고 속삭였다. 앞으로도 이런 본능은 필요할 때마다 적재적소에 나타나 오프라에게 나아갈 방향을 일러주었다.

오프라에게 볼티모어는 모든 면에서 거대한 변화였다. 아버지의 통제에서 벗어나기를 그토록 원했건만, 그런 간절함만큼 오프라는 내슈빌에서처럼 따뜻하게 대해주거나 환영해주는 사람 없이 거대한 도시에서 외로움에 몸부림쳐야 했다. 사실 처음에 이 도시 중심가로 나갔을 때는 전혀 매력을 느끼지 못했고, 결국에 가서는 울음을 터트리기도 했다. 더욱이 실력을 입증해 보여야 한다는 압박감은 무시무시할 정도로 심각했다. WJZ 방송국은 새로운 스타가 도착할 즈음에 어마어마한 광고작전에 돌입했다. 도시 전역에 광고게시판이 나붙었고, 버스마다 '도대체 오프라가 뭐야?' 라는 포스터를 붙였다.

볼티모어 사람들은 인기스타 제리 터너와 함께 확장 편성된 6시 뉴스를 진행하는 오프라를 보고서야 그 답을 알 수 있었다. 오프라보다 훨씬 더 나이가 많은 터너는 공동 진행을 원치 않았다. 특히 경험이 거의 없는 젊은 여자와 파트너가 된다는 건 더더욱 탐탁지 않은 일이었다. 전형적인 뉴스 진행자인 그는 자신의 감정을 뉴스에 주입하지 않았다. 하지만 내슈빌에서 트레이드마크인 서민적 태도 때문에 이곳에 스카우트되었다고 생각한 오프라는 그와는 전혀 다른 스타일로 방송에 임했다. 오프라는 프롬프트를 보면서 슬쩍 이야기의 요점만을 대충 훑고 나서, 소신껏 그 소식을 보도했다. 방송국 간부들이나 제리 터너는 오프라가 원고를 소홀히 한다고 불만을 터트렸다. 그들의 눈에 오프라가 뉴스를 진행하는 모습은 낯설고 거북살스러웠다. 어느 날, 방송 도중 오프라가 '캐나다' 라는 단어를 수차례 잘못 발음하고 나서, 자신은 이런 실수에 별로 괘념치 않는다고 말하여 방송국장을 자극하기도 했다.

제리 터너와 방송국 경영진만이 오프라를 유달리 환대하지 않은 건 아니었다. 볼티모어 시청자도 마찬가지였다. 그녀의 존재가 뉴스 시청률을 끌어올리지는 못했다. '도대체 오프라가 뭐야?' 라는 질문에 대한 대답으로 '그 누구도 그다지 강렬한 인상을 받지 못한 것' 처럼 보였다. 오프라는 이런 예상치도 못한 관망에 적잖이 충격을 받았다.

"망연자실했죠. 이제껏 나는 순항해왔으니까요."

오프라를 고용한 방송국 간부가 이직하자 상황은 더욱 나빠졌다. 든든한 방패막이 하나 없이 어린 뉴스캐스터에게 고난이 열리는 듯이 보였다.

방송국은 오프라를 앞으로 어떻게 할지를 결정해야만 했다. 고심 끝에 저녁뉴스에서 해고하고서 거리 리포터로 시험해보았다. 오프라는 뉴스 이야깃거리를 취재하러 매일 밖으로 나가야만 했다. 이미 밝혀진 대로, 경영진들은 오프라를 앵커로 마음에 차지 않은 것보다도 더욱더 리포터로 달가워하지 않았다.

리포터를 하기에 오프라는 너무 감정적이었다. 인터뷰 중에 감정이입이 너무 강해서 인터뷰를 제대로 감당해낼 수 없었다. 오프라가 인터뷰하는 사람 중에는 범죄에 노출되었거나 재앙을 겪어 정신적으로 크게 충격을 받은 사람들이 많았다. 오프라는 취재 도중 그들에게 동조 되어 이성적인 인터뷰를 이끌어내지 못했다. 어느 가정집에 끔찍한 불이 난 것을 취재하러 갔을 때가 상황이 최고점에 다다랐다. 오프라가 화재현장에 도착했을 때 코앞에 정신이 혼미해진 아이들을 잃은 어머니가 서 있었다. 하지만 오프라는 그녀를 인터뷰할 시도조차 하지 못했다. 슬퍼하는 어머니를 도저히 인터뷰할 수 없었던 것이다. 빈손으로 방송국으로 돌아오자 담당 프로듀서가 격노하여 펄펄 뛰었다. 프로듀서에게는 화재로 아이들을 잃은 비극에 처한 어머니의 반응은 기삿거리였다. 그렇기에 그는 오프라에게 인터뷰해올 것을 명했지만, 그녀는 이 임무를 완수하지 못했다.

마치 이런 모욕이 충분하지 않기라도 한 것처럼 경영진들은 이번에는 오프라의 외모를 문제 삼았다. 오프라는 대학에서 아주 예쁘다고 인정받아 미스 블랙 테네시 미인대회에서 1등을 거머쥔 적도 있었다. 그녀는 마른 편은 아니었지만, 그렇다고 뚱뚱하지도 않았다. 하지만 오프라는 스트레스를 받으면 먹을 것으로 푸는 경향이 있었고, 일하는 것이 행복하지 않기 때문에 점점 몸무게가 늘어나는 중이었다. 결국에는 뉴스 조감독에게 외모를 헐뜯는 평을 받기에 이르렀고, 이미 오프라도 자연스럽게 몸무게에 대해서 자각하고 있었다.

"머리가 너무 길고 두껍군요. 두 눈 사이도 너무 멀리 떨어져 있고요. 게다가 코도 너무 납작하군요. 뭔가 조처가 필요하네요."

실제로 방송국은 오프라 외모 문제를 해결할 한 가지 묘안을 내놓았다. 그들은 오프라를 뉴욕의 어느 미용실로 보냈다. 훗날에 오프라는 이곳을 '치치푸우 살롱'이라고 불렀다. 오프라는 미용사에게 흑인의 머리를 만지는 방법을 아는지를 물었고, 그는 당연히 그렇다고 확답했다. 하지만 그는 그렇지 않았다.

"일주일이 지나자 대머리가 되었어요. 프렌치파마를 했는데, 모두 망쳐버렸어요. 머리가 빠져 몇 가닥 남지 않게 되었지 뭐예요. 앞부분에 약간 구불거리는 머리카락이 겨우 세 가닥밖에 남지 않았다니까요."

어쩔 수 없이 오프라가 이 문제를 극복하려고 취한 첫 번째 행동은 가발을 쓰는 것이었다. 하지만 그녀의 머리가 너무 커서 맞는 치수가 없었다. 가발을 샅샅이 뒤져서 결국 특별히 예뻐 보이지는 않지만, 그나마 운 좋게 맞는 것을 하나 찾아내었다. 오프라는 이번 봉변으로 아주 커다란 교훈을 얻었다.

"마치 자기발견이었다고 할까요. 자신을 평가하는 기준을 외모가 아닌 다른 것에서 찾아야 한다는 걸 뼈저리게 느꼈으니까요."

또한 WJZ 방송국은 오프라를 스피치코치에게 보냈다. 어릴 적부터 자신만의 스피치와 낭송법을 구축한 그녀에게 이것은 유난히도 크나큰 모욕이었다. 하지만 오프라는 겁이 났다. 이미 자신이 해고의 문턱에 와 있음을 직감했기 때문이다. 특히 방송국이 거리 리포터 임무를 회수하고, 새벽 5시30분 프로그램에 투입시켰을 때는 이런 직감이 절정에 다다랐다.

"방송국은 나를 이해시키려고 했어요. 이렇게 말하면서요. '당신은 너무 잘나서 당신 자신만의 시간이 필요할 듯해요. 그래서 우리는 아침 5시30분에 5분을 당신에게 주려는 겁니다.'" 오프라는 바보가 아니었다. 그녀는 조만간 방송국이 자신에게서 뭔가 가능성을 발견하지 못한다면 곧 WJZ 방송국을 떠나야 한다는 것을 알고 있었다.

그러나 잠깐의 휴식은 오프라에게는 긍정적으로 작용했다. 오프라 윈프리는 운의 작용을 그렇게 많이 믿는 편은 아니었다. 그녀는 '운은 기회를 얻기 위한 준비'라고 생각한다. 그렇다면 방송국 경영진이 바뀌는 상황이 그녀에게 유리하게 작용할 시점에 오프라는 이를 위해 준비 이상의 것을 하고 있었던 셈이다.

1977년 WJZ 방송국에 빌 카터가 새 국장으로 왔다. 그가 하고 싶은 프로그램 중 하나는 모닝토크쇼로, 이것은 뉴스, 날씨, 교통, 게스트 인터뷰 등을 혼합한 하루의 시작을 알리는 대중토크쇼였다. 카터는 한시바삐 남자 후보 두 명을 물색했다. 그 가운데 한 사람이 리처드 셰로로, 활기 넘치는 개성을 지닌 사람이었다. 카터는 그의 파트너로 온정이 있고 상냥한 오프라를 지목하고, 토크쇼의 제목을 〈피플 아 토킹People

Are Talking〉으로 정했다. 그런데 불행히도 방송국에서 〈피플 아 토킹〉을 편성한 시간대가 바로 미국 전역에서 가장 인기리에 방영 중인 타 방송국의 〈도너휴 쇼〉 시간대였다.

〈도너휴 쇼〉는 신디케이트(syndicate 네트워크를 거치지 않고 제작사에서 완성된 프로그램을 개별 독립 방송국에 직접 공급하는 방식-옮긴이)로 방영되었다. 이것은 이 프로그램이 이곳 볼티모어가 아닌 시카고에서 제작해 방영하긴 하지만, 미국 전역에서 볼 수 있다는 것을 의미했다. 안경을 낀 숱 많은 새하얀 머리가 트레이드마크인 멋쟁이 필 도너휴는 시청자에게 강렬한 인상을 안겨주고 있었다. 그는 주로 유명 스타들을 인터뷰하며 쾌활한 주제로 쇼를 진행했으나, 때로는 여성보호권과 같은 낮 시간대 토크쇼에서는 다루지 않는 다양한 주제를 언급했다. 당시 도너휴는 진행하는 도중에 마이크를 들고 청중에게 다가가 함께 호흡하는 것으로 주목받았다. 오프라도 이후에 이런 기법을 사용하여 엄청난 효과를 거두었다.

오프라는 지나치게 흥분한 나머지 시청률은 신경도 못 썼지만, 도너휴와 직접 맞서는 것이 오히려 시청률을 올리는데 효과적이라는 걸 알고 있었다. 그래서 오프라는 첫 방송에서 마음껏 자신을 표현했다. 단어를 잘못 발음했다거나 게스트의 이야기에 감동했을 때, 언제 웃어야 할지 울어야 할지를 개의치 않고 그때마다 느끼는 대로 솔직한 자신의 감정을 표현했다. 그런데 그것은 운명을 바꿔놓는 계기였다. 즉, 오프라의 말처럼 준비된 자자 기회를 맞이하는 순간이었다.

오프라는 1978년 4월 14일에 한 첫 프로그램을 아주 잘 기억한다. 게스트는 아이스크림 제조업자와 드라마 〈내 아이들 All My Children〉의 주인공이었다. 토크쇼가 끝나고 오프라는 다시 태어난 것만 같았다.

"나는 혼자 중얼거렸어요. 내가 할 일을 찾았구나. 살아있는 것만 같았어요."

〈피플 아 토킹〉은 거의 즉각적인 성공을 거두었다. 리처드 셰르와 오프라는 외모에서 완전히 대조를 이루었다. 셰르는 백인에 마른 편이었고, 오프라는 흑인에 포동포동했다. 그런데 놀랍게도 두 사람은 헤어스타일이 서로 비슷했는데, 촘촘한 웨이브로 남자는 흰색, 여자는 검은색이었다. 볼티모어가 고향인 셰르는 이 도시 전반에 대한 폭넓은 지식을 갖추고 있어, 고향 시청자와 아주 잘 어울렸다. 오프라는 인종의 선을 넘어 카메라 속으로 빨려 들어갔고, 그녀만의 독특한 스타일로 시청자를 휘어잡았다. 두 사람은 호흡이 잘 맞았고, 쇼의 성격도 시청자의 욕구와 아주 잘 맞아떨어졌다. 놀랍게도 두 사람은 그 지역에서 최고인 〈도너휴 쇼〉를 따라잡기에 이르렀다.

〈피플 아 토킹〉의 연출가인 셰리 번스는 이런 사실에 놀라지 않았다. 그녀는 오프라가 '만인의 연인으로, 흑인이란 장벽을 넘어설 수 있는 어떤 잠재력이 있으며, 상당히 사교적이면서 진실한데다 따뜻한 사람'이라고 여겼다. 번스는 이번 쇼의 성공 여부는 오프라가 어떻게 자신을 내보이느냐, 자신의 능력을 이용해서 시청자가 궁금한 내용을 어떻게 게스트에게서 끄집어낼 수 있느냐가 관건이라고 생각했다. 볼티모어 사람들은 차츰 오프라를 대화에 자주 언급하기 시작했다.

직업적인 성공과 더불어 오프라는 친한 친구 여러 명이 생겨 즐거움이 배가 되었다. 그 가운데 한 사람은 WJZ 방송국의 뉴스앵커인 마리아 슈라이버로, 케네디 대통령의 조카이다. 마리아는 성공적인 텔레비전 경력을 쌓아가고 있었고, 나중에 영화배우이자 미래의 캘리포니아 주지사인 아널드 슈워제네거와 결혼한다. 또 다른 친구는 게일 킹으로, 지금은 오프라의 베스트프렌드로 세상에 알려진 젊은 여성이다. 게일은 WJZ 방송국에서 지위가 낮은 조연출로, 상대적으로 재능이 많고 높은 위치에 선 오프라와는 그리 접촉이 많은 편은 아니었다. 오프라의 기억으로, 두 사람은 만날 때부터 친해지지는 않았다.

"그러니까, 세찬 눈보라가 몰아치던 어느 날 밤이었어요. 게일은 집에 갈 수가 없었죠. 그래서 우리 집에 가서 함께 자자고 했죠. 그때 그 친구의 가장 큰 고민이 뭔 줄 알아요? 바로 속옷이었어요."

게일은 눈보라를 뚫고 60킬로미터가 넘는 거리를 운전하고 갈 작정이었다. 그래야 다음날 깨끗한 옷으로 갈아입고 나올 수 있으니까. 오프라는 게일더러 자기 집에서 자라고 설득했고, 결국 두 사람은 오프라의 집에서 밤새 얘기하며 밤을 지새웠다.

"휴가기간 중에 시골에서 보낸 시간을 제외하고는 게일과 나는 그 후로 날마다 얘기를 나누었어요."

게일은 오프라가 애인과 심각한 문제가 생길 때마다 도움을 주려고 많은 노력을 했다. 한 번은 오프라가 유부남과 사귄 적이 있었다. 상황은 점점 더 고통스럽게 발전해갔다. 어느 시점에서 오프라는 자살을 생각하게 되었고, 게일에게 장문의 편지를 남기기도 했다. 유서에서 키우던 식물을 돌보는 방식에 대해 쓰기 시작한 부분에서 오프라는 너무 과한 행동을 하고 있다는 사실을 문득 깨달았다. 어쨌든 자살할 의향은 없었으니까. 설령 오프라가 지금 자신의 모습이 얼마나 우스꽝스러운지를 깨닫게 되었다고는 하더라도, 여전히 고통스러운 건 사실이었고, 현실을 바꿀 아무런 힘도 없었다. 게일은 남자가 오프라를 마음 아프게 할 때마다 항상 그녀를 위로해주었다.

"언젠가 네 진정한 모습을 알아줄 사람이 나타날 거야. 널 행복하게 해줄 누군가가 나타날 거야."

볼티모어에서 6년을 보내고 나서 굉장한 기회가 오프라에게 찾아왔다. 〈피플 아 토킹〉의 연출가들 가운데 한 사람이 시카고로 옮겨서 모닝토크쇼 〈에이엠 시카고A.M. Chicago〉를 맡게 되었다. 그 프로의 진행자가 아직 정해지지 않자 그는 오프라의 녹음테이프를 방송국 국장인 데니스 스완슨에게 보여주었다. 그러자 그는 오프라에게 오디션을 보러 오라는 청을 넣었다. 국장 역시 다른 사람들이 그녀에게서 본 것을 찾아낸 것이다. 카리스마로 쉽게 청중을 휘어잡는 톡톡 튀는 그녀만의 독특한 개성 말이다.

오프라는 전국에서 세 번째로 큰 텔레비전 시장에서 기회를 잡고자 오디션을 보러 가야 하는지를 결정하느라고 고심의 나날을 보냈다. 다시 한번 낯선 세계로 들어가야 하는 것은 두려운 일이었다. 〈에이엠 시카고〉의 단독 주인이 되는 것은 영광이지만, 마음에 걸리는 것은 필 도너휴와 그의 홈구장에서 정식으로 맞대결이었다. 그러자 게일이 전처럼 격려하며 용기를 주었다.

"넌 꼭 시카고에 가야만 해! 넌 도너휴를 이길 수 있어. 네가 해낼 수 있다는 걸 난 알아."

"도너휴를 이긴다고! 그건 불가능한 일이야. 그런 건 목표조차도 되지 않는다고!" 오프라가 외쳤다.

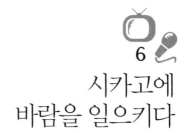

6
시카고에
바람을 일으키다

1984년 1월 2일, 오프라 윈프리는 〈에이엠 시카고〉 진행자로 새로운 삶을 시작했다. 환영을 알리는 마치March가 울려 퍼지는 가운데 큼지막한 모피코트를 입은 곱슬머리 여성이 WLS-TV 스튜디오 밖에서 자신을 소개했다. 시카고는 '도대체 오프라가 뭐야?'라는 현수막을 내걸 만한 시간적 여유가 없었다. 그렇지만 오프라는 시카고에 폭풍우를 몰고 왔고, 한 달여 만에 이곳 사람들이 거의 알아볼 정도의 유명인사가 되었다.

오프라는 1983년 가을에 〈에이엠 시카고〉의 오디션을 보았다. 방송국 국장인 데니스 스완슨은 오프라를 카메라 앞에 앉히고 자기소개와 관심사에 대해 얘기해보라고 했다. 오디션이 끝나고 오프라는 사무실에서 스완슨을 만났다. 스완슨은 오디션 결과에 만족하긴 했지만, 완전히 진심을 내보이지는 않았다. 마침내 그는 오프라에게 일자리를 제공하기로 하고, 곧 출연료 협상에 들어갔다.

"제 오디션이 마음에 드셨나요?" 오프라가 물었다.

"꽤 괜찮은 것 같군요." 이렇게 대답했지만, 그는 이제껏 본 오디션 테이프 중에서 이번 것이 가장 마음에 들었다.

연봉으로 20만 달러에 일자리를 약속받은 오프라는 몇 가지 근심거리가 생겼다. 그중 하나는 시카고에는 아주 심각한 인종차별이 있다는 소문을 들었기 때문이다. 거기다 오프라는 볼티모어에서 겪은 외모 바꾸기와 같은 일을 자신에게 요구하지 말라고 스완슨에게 확실히 해두고 싶었다.

"당신도 알다시피, 난 흑인이에요." 오프라가 말했다.

"당연하지요." 그가 대답했다.

"몸무게에는 문제가 있다고 생각합니다. 그러니 줄이도록 노력할게요." 그녀가 그에게 확신을 주었다.

"나도 뚱뚱하기는 마찬가지입니다. 이곳 사람들은 몸무게에 대해서 아무도 신경 쓰지 않아요." 스완슨은 이런 것 말고 딱 한 가지 약속을 받아둘 게 있다고 했다.

"그게 뭔데요?" 오프라는 걱정스럽게 물었다.

스완슨은 그녀에게로 다가가서 두 손으로 그녀의 머리 치수를 재는 시늉을 했다.

"당신 머리는 양쪽 어깨와 비율이 아주 잘 맞는군요. 그러니 쇼가 성공할 때에도 이 상태 그대로라야 합니다."

오프라는 크게 당황했다.

"진짜로 국장님은 제가 성공하리라고 믿나요?"

"그럼요."

데니스 스완슨의 예언이 적중했다. 오프라의 성공은 그 양과 속도 면에서 놀라울 정도였다.

당시 시카고에 사는 사람들에게는 얼마 전까지 오프라가 그곳에 없었는데, 다음날 곳곳에서 그녀를 볼 수 있게 된 것처럼 여겨졌다. 〈도너휴 쇼〉를 그의 홈그라운드에서, 더군다나 같은 시간대에 물리친다는 것은 불가능한 목표였지만, 이 일은 2주 내에 일어났다. 최근에 말로 토머스라는 여배우와 결혼한 도너휴는 오프라가 온 지 1년 만에 그곳을 떠나, 아내가 사는 뉴욕으로 거처를 옮기기로 했다. 그가 밝힌 공식입장은 아내 곁으로 간다는 것이었지만, 의심할 여지없이 오프라와 한마을에 있는 것이 몹시 불편해서였을 것이다.

오프라가 시카고로 올 때 가졌던 우려는 빠르게 사라졌다.

"거리를 걸을 때 마치 이곳은 고향 같았어요. 이곳에 완전히 적응했다고요." 그녀가 말했다.

조만간 오프라는 사람들이 달려들어 말을 거는 바람에, 거리를 돌아다니지도 못할 지경에 이르렀다. 이것은 곧 문제가 되었다. 한 번은 오프라가 시카고 오헤어공항 화장실에 앉아 있는데, 어떤 여자가 사인을 해달라고 칸막이 밑으로 종이 한 장을 불쑥 들이밀기도 했다.

처음에 〈에이엠 시카고〉는 시카고에서만 관심이 있었기에 신디케이트로는 방영하지 않았다. 그러니 미국 전역에서는 이 토크쇼를 볼 수 없었다. 그러나 오프라가 시카고에 도착한 지 1년도 안 되어, ABC 네트워크와 킹월드라는 두 회사가 오프라의 토크쇼를 신디케이트로 내보자는 제안을 했다. 오프라는 〈시카고 선 타임스〉의 유명한 영화 비평가 로저 이버트에게 조언을 청했다. 그는 이미 자신이 진행하는 TV쇼를 신디케이트로 방영하고 있었다.

시카고에 사는 이버트는 그의 TV쇼 파트너 진 시스켈과 함께 오프라의 〈피플 아 토킹〉에 게스트로 출연한 적이 있었다. 당시 게스트에는 채식 주방장과 훌라후프를 이용해 춤을 추면서 '다람쥐 송'을 부르던 다람쥐 복장을 한 난쟁이 네 명이 더 있었다. 시스켈은 이버트에게 다람쥐들을 보고 제발 웃지 말라고 간청했다. 그렇지 않으면 자신도 웃기 시작할 것이고, 어쩌면 멈출 수 없을지도 몰라 방송을 제대로 못 하는 상황이 벌어질지도 몰랐기 때문이다.

오프라가 시카고로 옮기고 나서 몇 달이 지나, 오프라와 로저 이버트는 함께 저녁을 먹었다. 그때 오프라는 신디케이트

문제에 대해 상의했다. 그는 자신의 쇼 〈영화 속으로At the Movies〉가 신디케이트로 방영되는 걸 냅킨에 단순히 계산해 보였다. 일주일에 한 번씩 방영하는 이버트의 쇼에 비하면 오프라의 쇼는 일주일에 다섯 번이었고, 그에겐 파트너가 있었지만, 그녀는 단독진행이었다. 그렇기에 그는 오프라에게 ABC와 계약을 한다면 이익이 대부분 ABC로 갈 테니, 차라리 킹월드와 거래하면 더 많은 돈을 벌 수 있다고 조언했다. 로저 이버트의 조언 덕택에 결국 오프라는 킹월드와 계약하기로 했다. 1986년 거래가 성립되었고, 그녀의 쇼가 전국으로 퍼져 나가면서 이 거래는 오프라를 이 세상에서 최고 부유층으로 만드는 데 공헌한 바가 컸다. 계약이 체결되고 나서 오프라의 쇼는 처음에는 미국 전역으로 해서, 차츰차츰 전 세계로 방영되었다.

오프라가 시카고에서 6~7년간 진행한 프로그램들은 볼티모어에서 했던 방식과 유사했다. 요리코너를 운영한다거나 심리학자들을 초대해서 토론하는 방식이었다. 가끔 유명인사가 책이나 영화를 홍보하러 출연하기도 했다. 오프라는 가수 스티비 원더와 같은 우상들, 텔레비전 롤 모델인 바버라 월터스 같은 사람들을 인터뷰하는 것에 전율을 느꼈다. 하지만 이런 대중문화에만 치우치지 않고 오프라는 개인적으로 관심이 많은 분야인 아동학대와 같은 중대한 주제도 함께 토론했다. 이

따금 오프라는 자신의 과거와 문제점에 대해서도 보여주었다.

"이제껏 토크쇼 진행자들은 자신에 대해 얘기하지 않았죠. 오프라가 새로운 장을 열었어요. 시청자가 공감할 수 있는 얘기를 했어요." 다른 토크쇼의 진행자 모리 포비치가 말했다.

게스트가 출연하여 개인적 트라우마나 고통스러운 문제에 대해서 고백할 때면 오프라는 종종 몸을 숙여 게스트의 숨을

1985년 12월 18일, 〈에이엠 시카고〉를 녹화하는 스튜디오에서.

토닥여주거나 포옹했다.

"사람들은 내가 게스트들의 마음을 열게 하는 능력이 있다고 말하는데, 그건 서로 공감대가 있기 때문이에요. 인간은 모두 같은 걸 원하고, 나는 그것을 알고 있을 뿐입니다."

오프라가 많은 사람과 공유한다고 느끼는 것 가운데 하나는 몸무게와의 전투였다. 체중문제는 대다수 여자와 수많은 남자의 고민거리임은 확실하다. 오프라는 스트레스를 꽤 잘 다스릴 줄 안다고 여겼지만, 그건 사실이 아니었다. 그 증거는 푸딩과 빵, 케이크와 아이스크림 속에 들어 있다. 오프라가 데니스 스완슨에게 몸무게 문제를 해결하는 중이라고 말했지만, 사실 시카고에 온 지 6개월 만에 그녀는 9킬로그램이나 늘었다.

오프라는 볼티모어에 있을 시기부터 몸무게 문제가 대두하였다. 그곳에서 처음으로 다이어트 전문의에게 치료를 받기 시작했는데, 몇 년이 지난 지금도 여전히 그 의사에게 치료비를 지급 중이다. 당시 그녀는 사이즈 8(38인치-옮긴이)을 입을 정도로 몸이 많이 불어나 있었다. 담당 의사는 하루에 1,200칼로리만을 먹는 다이어트를 단행했고, 2주 만에 4킬로그램이나 빠졌다. 그러나 두 달이 지나자 다시 5킬로그램이 늘고 말았다.

"그러니까 말이죠, 내 몸과의 전투가 시작된 셈이었죠. 나 자신하고요." 훗날에 그녀가 말했다.

오프라의 체중은 훨씬 더 늘어만 갔다. 시카고로 와서 사람들에게 드러나면 날수록 체중은 더욱 불어만 가는 것 같았다. 오프라는 대중 앞에서는 체중에 대해서 농담하며 웃어넘겼지만, 점점 커져만 가는 사이즈에 적잖이 당황했다.

1985년 1월, 〈에이엠 시카고〉는 방영시간이 한 시간이나 늘어났고, 제목도 〈오프라 윈프리 쇼〉로 바뀌었다. 타임에는 그녀가 화려하며, 감성이 풍부하다는 기사가 실렸고, 이제 곧 있으면 서른한 살을 바라보는 오프라는 코미디언 조안 리버스가 진행하는 〈투나잇 쇼〉에 게스트로 출연했다. 리버스는 독설가로 유명하고 사람들을 조롱하는 데에 통달한 사람이었다. 오프라는 리버스가 체중 문제부터 거론할 것이 뻔했기에 두려움이 앞섰다. 리버스는 심술궂게 말하진 않았지만, 오프라에게 다이어트 내기를 해보자는 얄미운 도전을 해왔다. 그녀는 말랐는데도(그런데도 그녀는 항상 자신이 뚱뚱하다는 말을 입에 달고 다녔다), 돌아오는 봄에 2킬로그램을 줄이겠다고 했다. 오프라도 9킬로그램을 줄이겠다고 공언했다. 아이러니하게도 허둥지둥 한시바삐 계획에도 없던 다이어트 계획을 세워야 할 일이 벌어졌다.

볼티모어로 돌아온 오프라는 책을 한 권 읽었는데, 아주 강렬한 인상을 받았다. 제목은 앨리스 워커의 〈컬러 퍼플The

Color Purple〉로, 1983년에 퓰리처상을 받았다. 20세기 중엽 남부에 사는 셀리라는 흑인 여성에 관한 이야기다. 새아버지와 남편에게서 학대받는 셀리는 삶을 스스로 살아가려는 능력을 찾고자 노력한다. 오프라는 이 이야기 속에 나오는 여성에게 강하게 동화되었고, 이 책을 진실로 사랑한 나머지 친구들에게 선물하기도 했다.

오프라는 스티븐 스필버그 감독이 〈컬러 퍼플〉을 영화로 만든다는 소식을 듣자, 어쩌면 이 영화에 캐스팅될지도 모른다는 은밀한 희망을 품었다. 어찌 보면 이런 희망은 아무런 근거가 없어 보였다. 오프라는 토크쇼 진행자로는 유명해졌을지는 모르나 분명히 배우로 여기는 사람은 아무도 없었으니까.

그런데 뭔가 아주 놀라운 일이 일어나고 말았다. 음악가 겸 레코드 제작자인 퀸시 존스가 이 영화를 프로듀싱하러 사업차 시카고에 왔다. 어느 날 아침, 호텔에서 그는 TV를 틀어 채널을 돌리다가 우연히 〈오프라 윈프리 쇼〉를 보게 되었다. 거의 즉각적으로 그는 오프라에게서 책에 나오는 소피아 역의 모습을 얼핏 보았다. 오프라는 강하고 결단력 있는 소피아의 모습을 닮아 있었다. 존스는 캐스팅 담당을 불러서 오프라를 카메라 테스트하고 싶다는 의견을 전했다.

몇 주가 지나 오프라는 오디션을 보러 로스앤젤레스로 갔다. 오프라는 윌리엄 퓨가 따낸 소피아 남편 역 이름이 하포라는 사실을 알고, 이건 아주 좋은 징조라고 여겼다. 공교롭게도 '하포Harpo'의 철자가 '오프라Oprah' 철자 거꾸로이기 때문이다.

경험 많은 다른 여배우들이 소피아 역을 따내려고 오디션을 보았지만, 스티븐 스필버그 감독은 오프라의 오디션에 완전히 압도당했다고 훗날에 털어놓았다. 그런데도 오프라가 긍정적인 대답을 듣는 데는 얼마간의 시간이 걸렸다. 오디션을 보고서 한동안 아무런 소식이 없자 오프라는 그 역을 따내는 데 실패했다는 절망감에 빠졌다.

실망감으로 실의에 빠진 오프라는 생활에 변화를 주어야겠다는 생각을 했다. 잠시 다이어트클럽에 들어가서 체중을 줄이고 오디션에서 떨어진 상처를 치유하기로 했다. 클럽의 산책길을 걷고, 또 걸으며 정성을 다해 감정을 추스르려고 노력했다. 그러면서 오프라는 하나님께 기도했다.

"기도합니다, 하나님. 저는 온 힘을 다했으니, 지금 제가 그 결과를 받아들일 수 있도록 도와주세요."

오프라는 걸으면서 〈나는 항복해〉라는 찬송가를 부르며 마음을 추슬렀으나, 두 눈에서는 눈물이 흘러나왔다. 그러는 와중에 클럽의 직원 한 사람이 달려와 전화가 왔다고 알려주었다.

전화를 건 사람은 바로 스티븐 스필버그였다. 감독은 직접 오프라가 소피아 역을 따냈다는 소식을 전하고 싶었다.

"내 인생에서 가장 행복한 날이었어요." 훗날에 오프라가 말했다.

이번 일은 오프라에게 심오한 깨달음을 주었다. 오프라는 〈컬러 퍼플〉에 출연하기를 간절히 원했지만, 결국 이를 포기하고, 이 문제를 하나님의 손으로 넘겼다. 이번 영화 사건을 계기로 오프라는 앞으로 어려움에 직면하는 방법을 배웠다.

스필버그는 전화로 오프라에게 그 역을 하려면 당장 다이어트를 멈추어야 한다고 경고했다. 감독이 스크린에서 원하는 소피아의 모습은 체구가 큰 활기찬 여성이었다.

7
성공,
내가 나를 대하는 만큼

오프라 윈프리에게는 일기를 쓰는 습관이 있었다. 오프라는 사우스캐롤라이나에서 〈컬러 퍼플〉을 촬영하는데 전반적인 시간을 할애하며, 짬짬이 영화와 관련된 일가를 썼다. 1985년 6월에 이렇게 적었다.

오늘 아침 나무 아래에 앉아서 다른 사람들이 촬영하는 모습을 지켜보았다. 오늘은 촬영이 없지만, 그래도 이곳을 떠날 수가 없다. 그저 여기서 다른 배우들이 연기하는 장면을 지켜보고 있다. 또, 작가인 앨리스 워커와 퀸시 존스를 관찰하기도 한다. 퀸시 주위에 있는 것이 마냥 즐겁다. 이것이 사랑이라는 생각이 든다. 나는 〈컬러 퍼플〉과 관련된 모든 것을 사랑한다.

이런 상황이 오프라에게는 행복이었을지 모르나, 시카고에 있는 상관들에게는 그다지 매력적이지 않았다. 영화를 촬영할 시간을 빼기가 그리 녹록하지 않았기 때문이다. 영화 속에서 배반당하고 구타당하는 소피아 역을 찍는데 거의 두 달이란 시간이 필요했다. 자연히 WLS-TV는 새로운 스타인 오프라가 꽤 긴 시간 동안 방송에 얼굴을 내비치지 않는 것이 탐탁지 않았다. 하지만 데니스 스완슨은 오프라가 영화를 하겠다는 굳은 결의를 보았기에, 오프라를 보내주지 않으면 혹시 그녀가 모든 것을 포기할지도 모른다는 생각에 덜컥 겁이 났다.

이미 판명되었듯이 그의 두려움은 딱 들어맞았다. 오프라는 설령 토크쇼를 포기할 상황이 벌어지더라도 〈컬러 퍼플〉을 찍으러 갈 작정이었다. 그리하여 양측의 지대한 관심 속에 합의가 잘 이루어져, 1일 초청 진행자를 선정하여 공백을 메우기로 했다. 한편, 오프라는 여전히 신디케이트 거래에 대해 고민 중이었는데, 변호사와 방송국장 제프 제이콥스와 더불어 그것이 필요하다는 결론을 내렸다. 그래서 오프라는 자신의 쇼에 대해 더욱 큰 통제권을 발휘할 수 있게 되었다.

〈컬러 퍼플〉은 첫선에 일반적으로 좋은 평을 받았다. 대체로 〈인디아나 존스〉와 같은 액션영화로 잘 알려진 스티븐 스필버그 감독에게 이 영화는 진지한 첫 작품이었다. 그러나 일부 사람들은 영화를 통해 흑인 남자들이 부정적으로 묘사된 것에 대해 마땅찮게 여겼다(이 작품은 원작에 충실했다). 소피아의 남편인 하포와 주인공 셀리의 남편 미스터는 폭력을 행사하는 남자로 묘사되었다. 하지만 오프라는 이 영화는 흑인 남자들을 주제로 한 것이 아니라, 흑인 여성들의 고통을 그린 것이라고 여겼다.

"나는 사람들이 〈컬러 퍼플〉을 보고 반응하는 방식에 놀랐어요. 난 사람들이 이 예술작품을 보면서, 이 속에서 자신들이 찾고자 하는 것을 볼 수 있을 거라고 믿어요. 이 영화의 원

〈컬러 퍼플〉에서 소피아 역을 열연한 오프라 윈프리

작이 내게 그랬던 것처럼. 성적으로 학대받는 여성들에게 이 영화는 당신 혼자만 그런 것이 아니라는 메시지를 전달해 주었습니다." 오프라가 말했다.

1986년 초, 오스카상 후보가 발표되었을 때 〈컬러 퍼플〉은 11개 부문에 후보로 이름을 올렸다. 이 가운데 하나인 여우조연상 후보로 오프라 윈프리가 선정되었다. 비평가들이 이 영화에 대해 문제로 삼든 그렇지 않든 간에 그녀의 연기가 전 세계적으로 인정받는 순간이었다.

1986년 3월, 아카데미 시상식이 열리던 날 밤, 오프라는 천당과 지옥을 왔다갔다하는 기분을 느껴야 했다. 연기 분야에서 가장 영예로운 자리 중 하나에 후보로 오른 것보다 더욱 흥분되는 것이 무엇이 있겠는가? 게다가 바로 오프라의 첫 데뷔작이 아닌가! 그러나 레드카펫을 걸어 들어갈 때 팬들은 야유가 섞인 아우성을 쳤고, 사진기자들은 비난의 말을 퍼부었다. 행진은 오프라에게는 개인적인 악몽이었다.

처음으로 연기하는 스트레스와 토크쇼를 진행해야 하는 중압감, 중요한 비즈니스 결정을 해야 하는 긴장감 등은 오프라에게 먹고 또 먹게 했다. 설령 수천 달러짜리 금과 상아로 치장한 호화스러운 드레스를 입었다 하더라도 사람들은 오프라가 얼마나 더 뚱뚱해졌는지에만 초점을 맞추었다. 오프라는 호텔방에서 고통스럽게 꿈틀거리며 값비싼 드레스 속으로 몸을 쑤셔 넣고서, 밖으로 나와 카메라를 보고 손을 흔들었지만, 몹시 불편했고, 거의 숨조차 쉴 수 없을 지경이었다. 그날 밤 오스카상을 안젤리카 휴스턴에게 빼앗기자, 실망한 오프라는 여성 잡지에 말했다.

"아마도 하나님이 내게 '오프라야, 너는 그 상을 받지 못할 것이다. 왜냐하면 네 드레스가 너무 딱 맞아서 그 작은 조각상을 받으러 올라가는 계단을 모두 오르지 못할 테니까' 라고 말하는 듯했어요." 몸무게로 말미암아 오프라가 망신을 당한 것이 이번이 마지막은 아니었다.

시상식이 거행되던 날 밤, 키가 훤칠하고 잘생긴 남자가 오프라를 아카데미 시상식장으로 안내했다. 그의 이름은 스테드먼 그레이엄으로, 그와 오프라와의 관계는 수십 년 동안 이어졌다. 오프라는 시카고에 도착한 직후에 스테드먼을 만났지만, 첫 데이트를 하는 데는 시간이 좀 걸렸다.

유럽리그에서 농구선수로 활약한 스테드먼 그레이엄은 비영리단체인 '마약에 반대하는 운동선수들의 모임'의 창시자이자 운영자로, 슬하에 어린 딸 윈디를 두었다. 훗날에 그는 자기계발 책을 쓰는 작가와 대중 연설가로 활동한다. 그와 오프라는 시카고 자선이벤트에서 우연히 만나, 서로 친구가 되었다. 1년여 남짓 동안 여행을 하고 돌아온 스테드먼은 오프라에게 데이트를 신청했다. 오프라는 두 번이나 거절했다. 하지만 그가 마지막 데이트를 청하며, 다시는 데이트 신청을 하지 않겠다고 선언하자, 마침내 오프라는 그와 데이트를 하기로 마음먹었다. 그녀의 친구들은 걱정이 많았다. 그들은 그가 단순히 오프라의 명성과 돈 때문에 접근했다고 생각했기 때문이다. 하지만 두 사람의 관계는 뿌리가 확실했고, 그레이엄은 좋을 때나 궂을 때나 늘 오프라 곁을 지켜주었다.

기자와 리포터, 또는 거리에서 만나는 사람들은 그들에게 언제 결혼할 거냐고 물어왔다. 그들이 데이트를 시작한 지 벌써 7년가량 되었을 때 두 사람은 약혼을 했지만 결혼은 이루어지지 않았다.

"그녀도 여행하고, 저도 여행하죠…… 그녀는 자기 삶이 있고, 나는 내 삶이 있죠. 이건 실제로 격차가 아주 큽니다. 이 둘을 결혼이란 삶 속으로 넣으려니 다소 무리가 있더군요. 당신이 알다시피, 우린 서로 사랑하는 사이죠. 그래서 서로 돌보는 사이입니다. 이것이 중요한 게 아닐까요." 2003년 스테드먼이 TV프로그램 사회자 래리 킹에게 설명했다.

로맨스에 여러 번 실패를 거듭한 오프라는 마침내 사랑과 지지를 나눠줄 남자를 만난 것에 만족했다. 그리고 또 그녀가 중요시 여기는 두 가지 신념이 있었는데, 스테드먼이 이것에 동조해 준 것이 기뻤다. 그중 하나는 성공으로, 이것에 이르려면 자기확신과 불굴의 의지가 필요하다고 믿었다. 또 하나는 신앙이었다. 신앙은 오프라와 그레이엄과의 사이에 중요하게 자리 잡았다. 오프라가 시카고에 도착해서 맨 먼저 한 일 가운데 하나는 '빅시스터즈' 프로그램에 참여하는 일이었다. 오프라는 여자 아이들을 집 밖으로 데리고 나와 박물관과 도서실 등을 방문하게 하고, 그들에게 인생은 여러 갈래가 있다는 사실을 알려주어야 한다고 여겼다. 특히 오프라는 '여자 아이들'에게 미혼모가 되는 것은 어떤 상황에서도 잘못되었으며, 이것은 자신의 꿈과 희망을 확실히 단절시키는 일이라고 끊임없이 주입했다.

"너흰 지금 사랑하고 싶지, 그렇지? 말해 봐, 강아지를 선물로 줄 테니!" 오프라는 빅시스터즈 그룹의 여자 아이들에게 물었다.

1986년은 오프라에게는 주요한 해였다. 오프라는 계속해서 배우로 일할 기회를 얻었다. 이번에는 리처드 라이트의 『미국의 아들 Native Son』을 각색한 작품으로, 1930년대 시카고의 사우스사이드 빈민가에서 살아남고자 고전하는 비거 토머스라는 스무 살짜리 흑인 이야기다. 오프라는 여기서 비거의 어머니 역을 맡았다. 이 역할은 분량이 매우 작은데다 영화도 시카고에서 촬영되었기 때문에 텔레비전 쇼와 병행하는 데는 아무런 무리가 없었다. 영화가 개봉되었을 때 박스오피스에서 특별히 잘 나가지는 못했지만, 오프라에게는 좋은 연기 경력을 쌓는 계기가 되었다.

오프라는 여러 분야에서 무척 바쁘게 살았지만, 친구들과의 관계도 상당히 중요시했다. 1986년 봄, 그녀는 매사추세츠 히아니스로 가서 액션 영화배우 아널드 슈워제네거와 마리아 슈라이버의 결혼식에 참석했다. 마리아는 오프라에게 "어떻게 해야 당신을 사랑할 수 있죠?"로 시작하는 엘리자베스 바렛 브라우닝의 시를 낭독해달라고 부탁했다. 전 퍼스트레이디였던 재클린 케네디 오나시스를 비롯한 권력가 집안 케네디가인 마리아의 가족과 더불어 랍스터와 샴페인을 마시면서 오프라는 외할머니 농장에서 닭 모이를 주던 시절로부터 무척이나 멀리 와 있다는 느낌이 들었다.

또한 오프라는 볼티모어에 있는 베스트프렌드 게일 킹과 여전히 연락을 하고 지내는 사이였다. 두 사람은 매일 밤 전화로 이야기를 나누었다. 오프라는 게일과의 관계에 대해 다음과 같이 쓴 적이 있다.

우리는 웃는다. 게일은 내가 강등했을 때도, 거의 해고에 직면했을 때도, 성희롱 문제에 봉착했을 때도 늘 나를 도왔다. 그녀는 비틀어지고 정신적 충격이 큰 내 20대 시절의 인간관계에 많은 도움을 주었다. 내가 성취한 모든 새로운 성공 속에는 다른 누구보다도 더 밝고 더 환하게 웃는 그녀의 모습이 들어 있다.

비록 오프라가 새로운 친구를 쉽게 사귀지 못하는 성격인데다, 혹시 사람들이 그녀 자체보다는 그녀의 능력 때문에 접근할 것을 경계하긴 했어도, 그래도 초창기 TV쇼를 하는 기간에 그녀에게 친구 이상의 역할을 해준 사람을 만나게 된다. 시인 겸 작가 겸 교육가인 마여 안젤루는 오프라에겐 정신적 지주였다. 안젤루의 저서 『새장에 갇힌 새가 왜 노래하는지 나는 아네』는 오프라가 매우 좋아하는 책이다. 오프라는 안젤루를 정신적 어머니라고 불렀다.

처음 보자마자 두 사람의 결속력은 즉시 이루어졌다. 둘은 마치 줄곧 알아왔던 것처럼 대화를 나누었다. 아마도 그건 두 사람의 삶이 매우 비슷해서였을 것이다. 둘 다 남부에서 할머니 손에 길러졌고, 교회에서 어릴 때부터 강연하며 존재감을 익혔다. 교인들은 두 사람의 강연을 들으며 만족스러운 표정으로 고개를 끄덕이며 '아멘' 이라고 했다. 아마도 가장 중요한 건 두 여성이 소녀 시절에 겪은 강간의 고통과 부끄러움을 알고 있다는 것이다.

오프라의 삶에서 안젤루의 존재는 그 자체로 안정감을 주었다. 이런 감정은 엄마에게서는 전혀 맛볼 수 없는 것이었다. 안젤루와 함께 시간을 보내려고 노스캐롤라이나에 있는 그녀 집으로 가는 느낌은 마치 고향을 방문하는 것과도 같았다. 그곳에 가서 오프라는 안젤루의 이야기도 듣고, 안젤루가 만들어준 시골풍의 요리도 먹었다. 오프라에게 안젤루와 함께 있는 것은 지친 일과를 마친 후 따뜻한 목욕을 하는 것과 같았다.

제프 제이콥스가 알선한 킹월드와의 신디케이트 계약 문제를 해결하느라고 오프라는 기진맥진했다. 마침내 계약이 성사되어, 1986년 가을부터 오프라의 쇼를 전국적으로 방영할 준비를 마쳤다. 이런 정보가 잡지와 신문에 기사로 나자 미국 전역은 하루빨리 자그마한 스크린을 통해 오프라를 만나기를 열망했다. 특히 영화로 오프라를 접한 사람들은 그 갈망이 더욱 컸다.

오프라는 새로 시작하는 신디케이트 방송이 성공할 것이라는 확신이 있었지만, 그때까지만 해도 그것이 무엇을 의미하는지는 알지 못했다. 오프라는 쇼가 전국적으로 방영되기 전날 밤 일기를 썼다.

앞으로 삶이 어떻게 변할지 참으로 궁금하다. 만약 변한다면, 그것이 의미하는 것은 뭘까? 아, 난 참으로 축복받은 사람이다. 아마도 내 쇼가 전국적으로 방영된다는 의미는 내가 중요한 일을 하고 있거나, 아니면 내 일이 중요하다는 것을 일깨우려는 것 같다. 어떨까? 내일이 이제껏 내 인생에서 가장 호화로운 순간이 될까? 아니면 가장 닭살 돋는 소름끼치는 순간이 될까?

아니면 그저 그런 평범한 쇼로 취급받을까? 어느 경우이든 날 긴장시킬 것이다. 하지만 지금 당장은 하나님께 감사하고 싶다. 내 영광을 그분에게 돌리며 이런 경험을 하게 해준 하나님께 감사한다.

전국적으로 방송이 나가는 첫 주에 오프라는 센세이션한 말투를 사용하며 당시 토크쇼의 전형을 보여주었다. 오프라의 첫 번째 쇼 주제는 '남자 꼬시는 방법'이었다. 세월이 흐르면서 오프라는 이런 프로그램 유형에 불만이 생겼지만, 당시로써는 그것이 시청자가 원하는 것이라 어쩔 수 없었다.

어찌 됐든 오프라는 쇼가 전국적으로 방영되면서 사람의 사고를 도울 수 있는, 적어도 개인의 신변잡기가 아닌, 그런 프로그램을 하고 싶었다. 그리하여 예전부터 책임감을 느낀 인종문제를 전국적으로 자각할 수 있게 최전방으로 이끌어냈다. 1987년 오프라는 조지아 주 포사이스카운티 사건에 관한 신문기사를 읽었다. 그곳에는 1912년 이후로 흑인이 살지 않는다고 했다. 이유인즉슨 당시 젊은 흑인 남자 세 명이 백인 여자 한 명을 성폭행한 사건이 발생했다. 재판이 있었지만 결과는 이미 정해진 상태였다. 피고인들은 사형을 당했고, 그곳에 남은 흑인들은 떠나라는 압력을 받거나 무차별적인 비난을 받았다.

그 후로 75년이 지나서, 마틴 루서 킹 주니어의 생일에 수천 명이 포사이스카운티에서 행진하며 항의했고, 이는 바로 인종문제로 이어졌다. 오프라와 스텝들은 포사이스카운티로 옮겨 그곳에서 토크쇼를 진행하기로 했다. 그녀는 항의에 참여하거나 언쟁하지는 않았지만, 왜 공민권법이 통과한 지 20년이 지났는데도 그곳에는 흑인들이 살지 못하는지를 알아야겠다고 생각했다. 오프라는 행진하는 평등권자들의 압박이 거세었지만, 이를 뿌리치고 백인들만 청중으로 참석시켜 쇼를 진행했다.

오프라는 실제로 포사이스카운티에 사는 백인들의 목소리를 듣고 싶었다. 대화는 회유에서 대립, 심지어는 적대시까지 하며 열기를 띄었다. 그곳 주민들은 흑인인 오프라에게 자신들의 입장을 설명하려고 애썼다. 그들은 오프라에게는 어떠한 편견이나 선입관이 없었기에 허심탄회하게 마음을 털어놓았다. 이 프로그램은 전국적인 관심을 이끌어냈다.

1987년부터 에이즈에 대한 공포가 시작되었고, 이 질병이 전국적으로 만연하는 바람에 사람들은 에이즈에 걸린 사람의 눈물에서도 옮을 수 있다는 그릇된 정보를 갖고 있었다. 이 시기에 오프라는 에이즈라는 주제를 정면으로 다루기 시작했다. 서부 버지니아의 윌리엄슨이라는 마을에 에이즈에 걸린 젊은 남자가 마을의 수영장에 갔다. 주민들은 그가 다른 사람

들을 위험에 빠트릴 거라며 분개했다. 오프라는 쇼에 윌리엄
슨의 주민들과 더불어 에이즈를 앓는 사람들을 초대하기로
했다. 에이즈 환자에게 동정심을 가진 사람은 거의 없었고 대
부분 분노했다. 많은 사람이 자신들의 감정을 분출했다. 쇼에
참석한 보건 공무원은 수영장에서는 에이즈가 옮지 않는다고
강조했지만, 사람들은 대부분 에이즈로부터 철갑 울타리를
원했다. 분노한 한 남자는 에이즈에 걸린 사람들을 모두 '인
디언처럼' 보호구역으로 이주시켜야 한다고 말했다.

오프라는 개인적으로는 이런 말이 불쾌했지만, 그들의 두
려움에 대한 근원 또한 이해했다. 이 쇼가 방영되는 동안 오
프라는 에이즈에 걸린 사람의 얼굴이 방영되면서 이런 현실
이 전국적으로 알려지기를 바랐다. 훗날 에이즈는 그녀의 친
구들과 가족을 죽음으로 몰고 가 그녀를 개인적으로 슬프게
했다. 에이즈는 그녀 관심사의 토대였기에 오프라는 계속해
서 에이즈로 고통받는 사람들에게 주목했다. 특히 치료약을
접할 기회가 없는 아프리카 여성과 아이들에게 각별한 관심
을 두었다.

〈오프라 윈프리 쇼〉가 시대적으로 쟁점이 되는 주제를 다루
는 것이 시청자 눈에는 믿음직해 보였기에, 오프라는 개인적
으로 더욱 유능하고 영향력이 커져만 갔다. 사실 그녀는 하나
의 현상이었다. 미국 전역을 가로지르는 그녀의 성공은 시카

고에서 성공한 것만큼 완벽했다. 예전에 오프라는 일기를 쓰면서 신디케이트 방송이 자신의 삶을 얼마나 변하게 할지를 궁금해한 적이 있었다. 그 대답은 이미 판가름났다. 가능한 모든 것에서였다.

오프라 쇼는 전국으로 방영한 후로 점점 거대하고 더욱 세련돼 갔다. 시카고 초창기 시절에는 스텝은 겨우 여섯 명밖에 되지 않았고, 공간 또한 아주 협소했다. 오프라가 〈에이엠 시카고〉를 시작한 첫 몇 달간은 스튜디오에 청중을 초대할 만한 제대로 된 시스템이 없었다. 그래서 스텝들은 분주한 거리로 나가서 가게 주인들을 구워삶아 스튜디오로 데리고 와서 커피와 도넛을 대접하면서 쇼를 관람하게 했다.

"나도 쇼를 진행하기 전에는 시청자가 되어 도넛을 먹었어요." 오프라가 말했다.

그런 시대는 이제 막을 내렸다. 요즘 오프라 쇼는 TV방송국에 어마어마한 광고 수익을 올려주고 있다. 신디케이트 방송으로 거둬들이는 액수는 거의 상상을 초월한 금액이다. 미인대회에서 100만 달러가 생기면 무엇을 하겠느냐는 질문에 "그냥 마구 써버리겠어요"라고 대답한 소녀는 이제 지금 당장에라도 100만 달러짜리 수표를 써줄 위치에 섰다. 이날이 도래하자, 오프라는 볼티모어에서 온 게일과 함께 아파트를 휘젓고 다니며 고래고래 소리를 질렀다. 신디케이트 방송을 시작한 지 1년쯤 지나자 오프라는 어림잡아 수천만 달러를 벌어들였다.

오프라 쇼를 전국적으로 방영한 지 2년 정도가 지나자, 방송국장 제프 제이콥스는 오프라에게 쇼에 대한 좀더 강한 통제권을 주겠다는 새로운 제안을 해왔다. 그녀의 쇼를 방송국에서 분리해 독자적으로 가자는 내용이었다. 대신에 전국에 있는 ABC 지국이 그녀의 쇼에 대한 권리는 그대로 갖게 되고, 또한 낮 시간대 어마어마한 TV 이익금도 지국에서 가져가겠다는 내용이었다. 그래서 오프라는 명실상부하게 자신의 쇼를 소유하게 되었고, 계속해서 이 쇼는 킹월드를 통해서 전국으로 방영되었다.

ABC 방송국을 떠난다는 것은 오프라가 새로운 스튜디오를 얻어야 한다는 것을 의미했다. 그렇기에 제이콥스가 장소를 물색해보기로 했다. 시내 중심가 서쪽 적막한 지역에 1920년대에 영화촬영 스튜디오로 사용한 황폐한 건물들이 대여섯 채 있었다. 그는 그 블록의 낡은 건물들을 전체 다 사들여서 리모델링하는데 거금 2천만 달러 정도를 들였다. 하지만 새로 리모델링한 건물들에는 〈오프라 윈프리 쇼〉 외에도 다른 프로덕션들도 있기 때문에 시설에 이 정도 투자하는 것이 지나칠 정도로 과하지는 않았다. 한편, 오프라는 흑인 여성의 투쟁을 그린 조라 닐 허스턴의『그들의 눈은 신을 보고 있었다 *Their*

Eyes Were Watching God』를 필두로, 문학작품의 판권을 사들이기 시작했다. 오프라는 TV용 영화를 제작할 계획이었다.

"쇼의 소유권을 갖지 못했다면, 내 소유의 스튜디오를 가질 생각은 엄두도 못 냈을 겁니다. 하나는 다른 하나가 없으면 해결되지 않죠. 나는 이 지역을 넓힐 생각입니다. 그래서 이곳에서 토크쇼도 진행하고, 특별 프로와 TV스페셜도 제작할 겁니다." 오프라가 계약을 성사시키고 나서 말했다.

영화 역사상 오직 두 여성만이 스튜디오를 소유했었다. 한 사람은 무성영화 시절 영화배우인 메리 픽포드였고, 다른 한 사람은 영화배우이자 코미디언 루실 볼이다. 이제 오프라가 그 세 번째이자 스튜디오를 소유한 첫 번째 흑인이 되었다. 새로 개장한 시설은 스튜디오가 세 개에 사무실 공간, 목공과 페인팅 작업실, 영사실 서너 개, 주차장 등을 갖출 정도로 널찍했다. 심지어 오프라조차도 자신의 성공에 깊은 감명을 받았다.

"정말 대단하죠. 제가 이제껏 들었던 바로 '대성공'이 바로 이겁니다." 오프라는 공식적으로 '하포스튜디오'를 발족하는 날 말했다.

오프라는 스튜디오를 지을 때 거대한 땅만 사들인 것이 아니라, 거의 동시에 롤링 프레리라는 인디애나 지역에 있는 농장을 사들였다. 이름은 비록 농장이나, 이 농장은 미시시피

주에서 어린 시절을 보냈던 시절의 척박한 농장처럼 아무런
쓸모가 없었다. 이 농장에는 성처럼 보이는 돌로 지은 대저택
이 있었는데, 안에는 경주마 마구간과 테니스코트, 수영장 등
이 갖춰져 있었다. 흡사 시골별장 같다고나 할까. 시카고에서
한 시간가량 떨어진 이곳은 오프라가 애인인 스테드먼과 함
께 편히 쉴 수 있는 장소였고, 사랑하는 애완견 코커스패니얼
솔로몬과 소피아와 맘껏 돌아다닐 수 있는 쉼터였다.

오프라는 일하는 동안 시카고의 명물 마천루인 펜트하우스
에 살았다. '유혹의 1마일Magnificent Mile'(시카고의 대표적인 쇼핑구
역)에서 조금 떨어진 펜트하우스에서는 도시의 스카이라인이
한눈에 들어왔다. 오프라는 비유적으로든 글자 그대로든 이
세상 꼭대기에 살았다.

그해에 오프라를 인터뷰한 텔레비전 토크쇼〈60분60Minutes〉
은 전국적으로 방영되었다. 이 쇼의 진행자인 마이크 월러스
는 그녀를 '갑작스레 수직 성장한 성공' 사례라고 칭했고, 그
녀의 경력으로 볼 때 이렇게 급성장한 것에 놀라움을 금치 못
할 일이라고 했다. 오프라는 자신에 성공에 그다지 놀라지 않
았다. 그것은 자신이 성공한 원인을 이해했기 때문이다.

"나는 세상 여성들과 생각이 같다고 여겼기 때문에 이들과
정보를 나누었어요. 나는 수많은 고통을 다 겪었고, 온갖 다
이어트도 모조리 해보았죠. 게다가 나를 방탕한 생활로 이끄

는 남자들도 만나봤어요."

오프라는 청중에게 자신에 대해서 설명했고, 그들은 오프라에게서 자신과 닮은 모습을 보았다.

오프라는 또한 월러스에게 비록 자신의 쇼가 성공했더라도 그것이 자신을 정의하지는 않는다고 했다.

"우리는 내가 나를 어떻게 대하느냐에 따라서, 또는 다른 사람들을 어떻게 해하느냐에 따라서 정의됩니다."

8
체중과의
끝없는 전쟁

톰 크루즈, 바버라 스트라이전드, 할리 베리. 오프라 윈프리는 이런 대스타들을 인터뷰했다. 그 가운데는 롤 모델인 바버라 스트라이전드도 있었다. 존 트라볼타와 티나 터너, 제이미 폭스는 그녀의 친구가 되었다.

오프라는 이루 형언할 수 없을 정도로 부와 인기를 누렸다. 1990년대까지 그녀는 미국에서 가장 부유하고 가장 인기 많은 여성 가운데 한 사람이었다. 그렇지만 아무리 돈이 많고 인기가 하늘을 치솟는다 해도, 오프라에게는 여전히 고통스러운 문제가 남아 있었다. 다른 사람들과 마찬가지로 그녀에게도 현재를 고통스럽게 하는 과거의 일이 있었다.

지속적으로 괴롭히는 문제 중 하나는 체중이었다. 수년간에 걸쳐서 오프라가 텔레비전에 나온 모습을 관찰해보면, 계절이 바뀔 때마다 체중이 조금씩 변하는 모습을 보게 된다. 이따금 그녀는 아담해 보기도 하고, 더러는 심각하게 뚱뚱해 보이기도 한다. 오프라는 늘 스포트라이트를 받으며 산다. 그렇다 보니 종종 그녀의 모습이 어떤지, 그녀의 몸무게가 얼마나 나가는지에 초점을 맞출 때도 잦다. 몸무게가 얼마나 줄었는지, 얼마나 늘었는지를 일일이 게재하는 잡지나 타블로이드판 신문기사가 있을 정도다. 1988년 여름, 오프라는 극단의 조처를 할 필요가 있었다. 그녀의 체중은 시카고로 온 이후로 31킬로그램이 불어서 당시 96킬로그램이나 나갔다. 고심 끝에 그녀는 유동식 다이어트에 들어갔고, 거의 4개월 반 동안 유동식 외에는 아무것도 먹지 않았다. 여름휴가 기간에 쇼가 중단되었고, 오프라가 다이어트 중이라는 소문은 무성하게 일어, 타블로이드판 여러 곳에 등장하며 흥미를 불러일으켰다. 하지만 자세한 사항은 아무도 알지 못했다. 이번 다이어트의 목표는 볼티모어 시절에 입던 스키니 진을 도로 입는 것이었다.

아니나 다를까 11월에 오프라는 딱 달라붙는 검은색 터틀넥과 그 스키니 진을 입고 무대에 당당히 나타났다. 그녀는 지방 덩어리 30킬로그램을 높이 쌓아올린 작은 빨간색 마차를 끌면서 나왔는데, 이것은 그녀가 뺀 체중의 무게였다. 오프라는 기름진 지방 덩어리를 들어보려고 했으나, 들지 못했

오프라

다. 오프라는 이제껏 이 지방 덩어리를 몸에 두르고 다녔는데, 이제는 들지도 못한다는 사실이 쉽사리 믿기지 않는다고 털어놓았다.

'마차 위의 지방 덩어리'로 불린 이번 쇼는 여태까지 오프라 쇼 중에서 가장 높은 시청률을 기록했다. 하지만 다이어트 자체는 그렇게 성공적이지는 않았다. 알려지진 않았지만, 급하게 다이어트를 하는 바람에 사실 거의 굶다시피 했기 때문에, 신진대사가 심하게 망가졌다. 다이어트가 끝나고 그 후유증으로 아무리 조금 먹더라도 바로 살이 붙기 시작했다.

"쇼에 나갈 때와 그 후로 대여섯 시간만 날씬했어요. 그 이후로 몸무게가 다시 늘기 시작했죠. 이틀이 지나자 다시 스키니 진이 맞지 않았어요." 오프라가 씁쓸히 회상했다.

몇 달이 지나서 오프라는 다시 체중이 늘어난 것에 대한 주제로 쇼를 진행 중이었다. 결국 그녀는 이제껏 뺐던 몸무게를 모두 회복했고, 심지어는 더 늘기까지 했다. 오프라는 몇 년간 전형적인 '요요' 다이어트를 반복했다. 하지만 아이러니하게도 그녀의 체중 전투는 시청자에게 오히려 사랑을 받았다. 그것은 오프라가 다이어트에 대한 경험을 아주 솔직하게 털어놓았기 때문이다. 청중은 그녀의 이야기에 공감했다. 오프라는 볼티모어 시절의 체중으로 돌아가고픈 갈망에 대해 진솔하게 고백했다. 다이어트를 시작하고 나서 집에 있는 음식을 모조리 버렸기 때문에 집에는 먹을 것이 냉동핫도그 빵 몇 개와 시럽 외에는 아무것도 없었다고 했다.

"할 수 없이 냉동핫도그 빵 위에 시럽을 뿌려서 먹었어요. 그것을 먹었다고요!" 오프라의 이야기에 압도된 여성 청중들은 그녀와 함께 웃었고, 그녀에게 동화되었고, 그녀에게 연민을 느꼈다.

정직한 것은 오프라에게는 매우 중요했고, 체중 문제에서 거짓말은 조롱거리가 된다는 것을 일찍부터 잘 알고 있었다. 어쨌든 거짓말은 금방 탄로가 날 테니 말이다. 체중 문제는 성공한 오프라의 삶과 늘 충돌했다.

"잠에서 깨어나면 내 삶은 참으로 멋지다는 생각을 하죠…… 그런데 체중을 생각하면 나 자신이 싫어 죽겠어요."

또한 타블로이드에 난 기사들 때문에 고통스럽다고 인정했다. 특히 시기심 많은 사람들이 자신의 몸무게를 이용해서 사생활을 헐뜯을 때는 무척 고통스럽다고 했다. 한 가지 예를 돌아보면, 스테드먼에 관한 추문이었는데, 그가 여자가 아닌 남자와 바람을 피운다는 소문이었다. 오프라는 자신이 날씬했다면 스테드먼처럼 잘 생긴 남자가 왜 그녀와 사귀는지에 대한 의문을 가질 사람은 아무도 없을 거라고 지적했다.

수년간 오프라 쇼는 다이어트에 관한 내용이 많았고, 주제도 자신이 시도한 다이어트(달걀과 소시지 다이어트, 스스로 말랐다고 생각하기 다이어트)에서 뚱뚱한 사람들에 대한 편견에 이르기까지 그 범위가 다양했다. 마치 이것은 TV쇼를 통해서 다양한 다이어트 방식을 탐험해 자신의 체중 문제를 해결하려는 것 같았다.

그러나 아무리 이 문제를 수없이 토론한다고 해도 도저히 해결할 실마리는 보이지 않았다. 1992년경 오프라의 체중은 최고점에 도달해 107킬로그램이나 나갔다. 아카데미시상식에서 데이타임 에미상 토크쇼 진행자 부문에서 상을 받는 날, 승리를 자축하기는커녕, 오히려 그날 밤은 악몽에 가까웠다. 오프라는 드레스 사이즈에 굴욕감을 느꼈고, 무대까지 뒤뚱뒤뚱거리며 걸어가 상을 받아야 하는 수모를 겪었다.

"마치 패배자처럼 느껴졌어요. 마치 내 삶의 통제력을 잃은 것처럼요. 내가 그곳에서 제일 뚱뚱했어요."

다시 한번 더 도전해야겠다고 결심한 오프라는 체중을 줄이는 계획을 진지하게 준비했다. 에미상 직후 그녀는 콜로라도 텔루르에 있는 스파에 갔다. 그곳에서 개인 트레이너 밥 그린을 만나, 그와 운동 프로그램을 시작했다. 그다음으로 요리사인 로지 데일리를 고용해서 몸에 좋은 저열량 식사를 준비하도록 했다. 오프라와 로지는 함께 『로지와 함께 주방에서 In the Kitchen with Rose』라는 요리책을 써서 베스트셀러에 올리기도 했다. 하지만 누군가를 고용해서 매 끼니를 조절하는 것도 그녀의 체중 문제를 해결하지는 못했다. 그것은 아직 그녀의 근본적인 문제의 뿌리를 해결하지 못했기 때문이다. 실제로 오프라가 무엇을 먹느냐가 중요한 것이 아니라, 무엇 때문에 오프라가 그다지도 먹는 것에 집착하는지 그 원인을 찾는 것이 중요했다.

실질적인 진척은 밥 그린을 독점적으로 고용해 시카고로 오게 한 시기부터였다. 밥의 첫 프로그램은 오프라를 트랙 위에서 뛰고 또 뛰게 하는 것이었다. 그린은 곧 마라톤을 목표로 오프라를 훈련시켰다. 처음에는 걷기를, 다음에는 조깅을, 결국은 마라톤을 완주시켰다. 오프라에게 마라톤 거리인 42.195킬로미터를 뛴다는 것은 상상조차 할 수 없는 일이었다. 단 1킬로미터도 뛸 수 있을 것 같지 않았을뿐더러, 더욱이 그러고 싶지도 않았다. 그런데도 1994년 오프라는 그린과 함께 트레이닝을 시작했다. 쇼를 녹화하기 전 아침에 15킬로미터에서 20킬로미터를 뛰었다. 주말마다 단계를 조금씩 높여서 25킬로미터나 그 이상을 뛰었다.

이렇게 격렬한 트레이닝은 성과를 가져왔다. 10월, 그녀는 1만 5천 명이 참가하는 해병대 마라톤에 참가하고자 워싱턴 D.C.로 갔다. 경기 날에 장대비가 퍼부었지만, 오프라는 날씨 때문에 단념하지는 않았다. 또한 옆에서 나란히 달리며 그녀를 단독 취재해 특종을 내겠다고 주장한 두 명의 〈내셔널 인콰이어러〉 기자들도 그녀를 중단시키지는 못했다.

마라톤에서 가장 힘든 거리는 34킬로미터 정도 뛰었을 시점이다. 이때 주자들은 벽을 뚫고 지나가는 고통을 느낀다. 그런데 오프라는 비까지 뚫고 지나가야 하는 상황에 부딪혔다. 그날은 비가 심하게 퍼부었고, 그녀의 회색 운동복과 모자는 흠뻑 젖었다. 일단 34킬로미터 점을 무사히 통과했고, 결승선이 눈앞에 보이자 눈에서 눈물이 흘러내렸다. 오프라는 그제야 자신이 경주를 마쳤다는 것을 인식했다. 격려하는 군중의 환호 때문에 쓰러지지 않고 지탱할 수 있었다. 기록은 4시간 30분. 마라톤 완주는 거대한 성취였다. 오프라는 여태까지 자신이 해본 일 중에서도 가장 힘겨운 것이라고 했고, 이제껏 맛본 감정 중에서 최고였다고 했다. 그녀는 또 솔직하게 털어놓기를, 한 번 마라톤에 참가하는 것으로 만족하지, 다시 도전할 의사는 없다고 했다.

밥 그린은 오프라를 몹시 자랑스러워했다. 그는 오프라가 지금까지 보아온 어느 운동선수 못지않게 열심히 훈련했다고 말했다. 이제 과체중 문제의 근본적인 원인을 제거할 시기가 왔다. 그린은 오프라가 마음을 진정시키려는 목적으로 약 대신 음식을 이용하고 있다고 했다. 이런 지적을 한 사람은 그가 처음이었다. 오프라는 신경질이 나거나 불안하면 스스로 '뭘 좀 먹어야겠어. 뭘 좀 먹어야겠어. 뭘 좀 먹어야겠어' 라고

생각한다는 것이다. 또 오프라가 자꾸 먹을 것에 집착하는 또
다른 이유는 자신을 진정으로 사랑하지 않기 때문이라고 말
하자 오프라는 분개하며 말했다.

"나는 오프라 윈프리야. 나는 나를 사랑한다고. 자신을 사
랑하는 방법에 대한 책은 모조리 읽었던 말이야."

마라톤 이후로 그녀의 체중은 그렇게 심하게 변하지는 않
았지만, 여전히 오르내리며 불안정했다. 다이어트를 단행하
며 오프라는 그린과 함께 『연결관계를 생각하라 *Make the
Cconnection*』라는 책도 출간했다. 이 책은 자기 인생을 책임지
고 음식에 대한 생각을 바꾸자는 것으로, 1996년에 출간하여
엄청난 판매 부수를 올렸다. 하지만 훗날에 오프라는 이 책을
쓸 때조차도 완전히 자신과의 연결을 이끌어내지 못했다고
고백했다.

"나는 밥에게 물었어요, '연결이 뭐죠?' 그러면 그가 말했
죠, '당신 자신을 사랑하는 겁니다. 그리고 당신 자신을 소중
히 할 가치가 있다고 느끼는 겁니다.' 그러고 2주가 지나서
나는 말했죠. '자, 그 연결이라는 게 뭐죠, 다시 말해줄래요?'
내가 완전히 그 단어를 이해한 것은 아마 2002년이나 2003년
쯤일 거예요."

마침내 오프라는 왜 이제껏 한 다이어트가 효과가 없었는
지를 이해했다. 그것은 과체중인 사람이 자꾸 음식을 찾는 것

은 배고파서가 아니라 다른 감정적인 것과 연결이 있기 때문이었다. 오프라의 경우, 10대 시절부터 이미 비만이 정해졌다고 해도 과언이 아니다. 오프라는 예전에 체중계에서 내려오는데, 아버지가 한 말을 뚜렷하게 기억하고 있다.

"애야, 자꾸 저울에 올라갈 필요 없다. 지금은 아주 좋아. 하지만 너도 곧 뚱뚱해질 거야. 우리 가족은 모두 뚱뚱하지. 네 엄마나 고모를 좀 보렴. 할머니도. 우리 가족은 모두가 뚱뚱하잖니. 그러니 방법이 없단다."

오프라는 체중을 줄이려고 '정성을 다하겠다'고 했다. 그녀는 성공을 이룰 때마다 예전에 겪은 폭행과 견디기 어려운 스트레스 감정이 연결되는 무의식이 체중문제 뒤에 있었다는 사실을 마침내 깨달았을 때 비로소 '자신을 연결' 했다.

오프라는 비록 비만의 원인이 되긴 했어도, 어린 시절의 경험을 그 무엇과도 바꾸지 않겠다고 했다. '비만'이라는 고통과 슬픔을 경험했지만, 그것으로 말미암아 다른 사람들이 경험한 다른 고통을 더 이해하고 더욱 감정이입할 수 있게 되었기 때문이다.

오프라의 또 다른 힘겨운 노력은 가족과의 관계이다. 그녀는 가족역동성(가족 내에서 가족성원 간에 발생하는 상호작용-옮긴이)과 이 관계를 개선할 방법을 모색한 프로그램에 수없이 참여했다. 하지만 그녀와 가족 간의 관계는 굴곡이 많은 만큼 그리

쉽지 않았다. 외할머니는 저세상으로 가신 지 오랜 시간이 흘렀고, 오프라와 엄마와의 관계는 반항기인 열네 살에 밀워키를 떠난 이후로 여전히 긴장상태를 유지하고 있었다. 다행히 아버지와 새엄마와는 긴밀한 접촉을 유지하고는 있었지만, 그녀가 텔레비전 방송에서 성공하기 전까지는 엄마와 반쪽짜리 여동생인 파트리샤, 남동생인 제프리와는 거의 보지도 못하고 사는 처지였다. 일단 오프라는 경제적으로 여유가 있었기에 어머니와 동생들에게 도움을 주었다. 그렇다 해도 그들은 전혀 가까워지지 않았다.

파트리샤와 제프리에게는 심각한 문제가 있었다. 파트리샤는 마약중독이 심해서 이따금 두 딸아이인 크리샤운다와 엘리샤조차 돌보지 못했다. 오프라가 아이들을 돌보라고 돈을 보내주었지만 모두 부질없는 일이었다. 한 번은 큰 조카인 크리샤운다가 이모인 오프라에게 전화를 걸어 집에 먹을 게 하나도 없다고 하소연하자, 오프라는 펄펄 뛰며 파트리샤에게서 아이들을 떼어 외할머니인 버니타에게로 보내서 돌보게 했다. 결국 파트리샤는 약물재활센터로 보내어졌지만 그녀의 문제는 해결되지 않았다.

오프라에게는 아주 생소한 남동생 제프리는 더 심각한 상태였다. 역시 마약중독자인 제프리는 게이로, 섹스파트너나 마약 복용자를 통해서 에이즈에 걸렸다. 파트리샤 때와 마찬가지로 오프라는 경제적으로 남동생을 도우려고 애를 썼다. 1989년, 그의 나이 스물아홉에 결국 제프리는 밀워키에 있는 그린트리 건강센터에서 에이즈로 이 세상을 마감했다.

"다른 수많은 사람처럼 우리 가족도 마음이 아픕니다. 한 젊은이의 죽음이 슬픈 것도 슬픈 거지만, 에이즈에 걸렸다는 이유만으로 사회에 거부당해 피어보지도 못한 그의 꿈과 재주를 생각하면 더욱 가슴 아픕니다." 오프라의 이 말은 화제가 되었다.

1992년은 오프라에게는 잔인한 해였다. 파트리샤가 타블로이드 신문인 〈내셔널 인콰이어러〉에 어릴 적에 오프라가 임신한 적이 있었고 그 아이를 조산했다는 이야기를 팔아먹었다. 오프라는 대중스타로서 어느 정도는 자신의 사생활에 대해 알려야 한다는 사실은 인정했으나, 아직은 이 사건에 직면할 준비가 되어 있지 않았다. 훗날 그녀는 말하기를, 자신은 10대 여자 아이들이 원하지 않는 임신을 했을 때 대처할 교육법을 찾을 때까지 이 사실을 발설하고 싶지 않았다고 했다.

이 소식이 퍼지자 오프라는 〈퍼레이드〉와의 인터뷰에서 이 사건을 숨긴 이유에 대해 설명했다.

"그 사건은 내 어린 시절을 온통 뒤집어 놓은 충격적인 사건이었어요."

이후에 오프라는 또 다른 잡지 〈에보니〉에서 여동생의 폭로를 접한 경위에 대해 말했다. 오프라가 〈브루스터가의 연인들 The Women of Brewster Place〉을 하포스튜디오에서 촬영하고 있는데, 스테드먼이 와서 기사 내용에 대해서 말해주었다. 그는 오프라가 이 사실을 가판대에서 보거나 다른 사람에게서 먼저 듣기를 원치 않았다.

"당신이 이런 대가를 받다니." 스테드먼은 그녀에게 신문을 건네주면서 울며 말했다.

"나는 집으로 가서 몸을 침대에 던지고 울고 또 울었어요. 이제부터 세상이 전부 나를 미워할 거라고 여겼어요. 내 동생이 그런 사실을 말하다니!" 오프라가 슬프게 회상했다.

오프라는 스테드먼이 모든 일을 젖혀두고 파트리샤를 찾아가서, 그녀가 한 행동에 대한 분노를 표출하는 모습을 보고 감동했다.

파트리샤가 오프라에 대한 질투 때문이든 아니면 단순히 돈 때문이든 세상 사람들이 알면 안 되는 비밀을 판 것은 사실이다. 오프라는 그 후로 2년 동안 여동생과 한마디도 하지 않았다. 그러다 오프라는 인디애나에 있는 자신의 농장에서 가족모임을 주관해, 어머니와 여동생, 다른 여자 친척들 여러 명을 초대했다. 그들은 빙 둘러앉아서 그동안 벌어진 일에 대해서 토론했고, 오프라는 그 일을 용서할 수 있는지, 그럴 수 없는지를 얘기했다. 그녀는 텔레비전 방송에서 사람의 죄를 용서

할 줄 알아야 한다는 얘기를 아주 자주 언급했는데, 만약에 지금 자신이 동생을 용서할 수 없다면 이제껏 위선자의 삶을 산 것이나 마찬가지라고 느꼈다. 오프라는 진심으로 동생을 용서했다. 2002년, 결국 파트리샤는 세상을 떠나고 말았다.

성공과 굴욕으로 점철된 삶을 살면서 오프라는 '앞으로 할 일' 목록 중에서 자신이 습득한 경험과 교훈을 바탕으로 한 책을 쓰기로 마음먹었다. 출판업자들이 오프라 윈프리의 자서전을 출판할 기회를 잡으려고 몰려들었다. 결국 크노프사가 판권을 따냈고, 오프라는 책을 쓰는 것에 온 힘을 기울였다. 1993년 미국 도서전시회에서는 오프라가 사람들의 삶을 변화시킬 책을 출판할 거라는 어마어마한 선전을 해댔다. 전국에 있는 서점은 기뻐서 춤을 출 정도였다. 오프라는 독자를 서점으로 이끌 수 있는 사람이니, 그녀의 자서전은 당연히 베스트셀러가 될 것이 뻔했다.

책 판매자들은 흥분을 감추지 못했지만, 순간 뭔가 잘못되었다는 것을 알아차린 오프라는 괴로움으로 신음했다.

"나도 분명히 들떠 있었어요. 하지만 '오 맙소사, 어떻게 하지?' 하는 기분이 들었어요. 대단한 책을 쓰겠다고 큰소리는 떵떵 쳐놨는데, 어찌할 바를 몰랐으니까요."

오프라는 자신의 삶을 말하는 것을 아주 숙련되게 해낼 수 있으리라고 여겼다. 그렇지만 막상 시작해보니, 방대한 이름과 날짜를 열거해야 하는 전형적인 자서전을 써 내려가기란 여간 어려운 일이 아니었다.

"나는 사람들에게 힘을 북돋아줄 책을 쓰고 싶었어요."

오프라는 자신의 삶이 다른 사람들의 삶과 공유하는 점이 많다는 내용의 책을 쓰고 싶었다. 책을 완성하고서 오프라는 그 책을 스테드먼과 주위 가까운 친구들에게 보여주었다. 그제야 오프라는 스스로 세운 도전에 부합하지 못했다는 것을 깨달았다.

하지만 사람들에게 만족을 줘야 한다는 부담감으로 꽉 찬 오프라의 한쪽 내면은 출판사와의 약속을 깬다면 사람들이 성을 내며 달려들 것이 두려웠다. 약속을 지키지 못하면 사람들이 뭐라고 할까? 더욱 중요한 것은 사람들이 그녀를 어찌 생각할지였다. 그렇지만 현명한 결단을 내릴 때마다 늘 의지하는 오프라 내면의 작은 목소리는 그녀에게 이 책을 세상에 내놓지 말라고 충고했다.

한참을 고뇌하고서 결정을 내린 오프라는 〈크노프 출판사〉의 편집자에게 이 원고를 철회하겠다고 통보했다. 사람들이 실망했을까? 물론 그렇다. 하지만 오프라는 후회하지 않았다. 그것은 지금 자신이 올바른 일을 했다고 믿기 때문이었다.

아이러니하게도 책이 출판되지 않았어도, 그 책은 그녀에게 중요하고 의미가 있었다. 책을 쓰는 과정에서 오프라는 자신이 겪은 수많은 고통은 사람들이 자신을 어떻게 생각할지를 염려한데서 비롯한 결과물이라는 것을 깨달았다. 그렇기에 임신 사실을 알았을 때도 홀로 감내한 이유이고, 이것이 계속해서 체중이 부는 이유 일부이기도 했다. 1990년대 전후로 오프라는 개인적 문제에 심각하게 빠져들었지만, 진정한 해결책을 찾을 때까지 전혀 포기하지 않았다. 오프라는 때로는 문제 해결책으로 대중에게 또는 토크쇼에서, 또는 언론에 공개하면서 해결해나갔다. 이런 일은 힘겨웠지만 오프라는 자신의 투쟁을 공유함으로써, 시청자가 내면의 악마와 싸우는 것을 돕고 있다는 것을 깨달았다.

9
광우병 ·
햄버거 · 쇠고기

"저질 토크쇼"라는 닉네임이 붙었다. 필 도너휴와 오프라 윈프리와 같은 프로그램이 전국적으로 성공을 거둔 후인 1990년대 경, 더욱더 많은 토크쇼가 이 경쟁에 끼어들어, 시청자들을 꾀었다. 그들을 유혹하는 확실한 방법은 화끈한 주제를 정하던지, 기묘한 사람들을 초대하던지, 그것도 아니면 수많은 비명과 싸움, 울음 등을 도입하여 그들에게 충격요법을 주는 것이었다. 저질 토크쇼 방송 진행자에는 샐리 제시 라파엘과 제랄도 리베라, 릭키 레이트 등이 있는데, 가장 악명 높은 사람은 제리 스프링거였다. 〈스프링거 쇼〉는 악다구니와 나체, 삐 소리 등으로 수시로 중단되곤 했다. 텔레비전 비평가들은 즉시 〈미용실 공포이야기〉, 〈유괴사건〉, 〈남편들에게 알레르기를 일으키는 여성들〉과 같은 토크쇼를 비난하기 시작했다. 그렇다고 이런 행동이 스프링거 쇼를 중단시키지는 못했다. 그들은 자신들이 오프라와 같다고 여겼다. 오프라는 어느 정도 가벼운 주제와 무거운 주제에 대해 균형을 맞추려고 애를 썼다. 그런데도 저질 진행자들과 비교되었고, 오프라는 그것에 면역되어 있지 않았다.

한동안 오프라는 자신의 쇼가 나아갈 방향에 대해 고민에 빠졌다. 1994년에 〈엔터테인먼트 위클리〉와의 인터뷰에서 그녀는 말했다.

"나도 저질 토크쇼를 하는 게 아닌가 하는 죄책감이 듭니다. 내 프로가 저질이라는 것은 아닙니다. 그런 쇼는 하고 싶지 않아요. 하지만 지난 10년 동안 우리는 사람들의 삶을 변화시킬 방법을 모색해왔어요. 그래서 나는 다른 프로그램들과 더불어 싸구려 취급받는 게 초조하고 불안합니다."

오프라는 토크쇼에서 긍정성을 강조하기 시작했다. 1996년과 1997년에 오프라가 주로 다룬 주제는 '연결 관계를 생각하라' 였다. 이것은 개인 트레이너 밥 그린과 함께 쓴 책 제목으로, 사람들의 삶 속에서 숨어 있는 감정과 해결하지 못한 문제를 끄집어내어 다루었다.

1998년, 오프라는 한층 더 앞으로 나아갔다. 그녀는 새로운 출발선상을 'TV를 통해 당신의 삶을 변화시키기' 로 이름 붙였다.

"나는 사람들이 텔레비전을 더 나은 삶을 영위하기 위한 의사소통 방법으로 이용하기를 바랍니다." 오프라가 〈TV가이드〉에 말했다.

오프라는 자신이 맡은 프로그램을 변화시켜, 가족과 재정 전문가, 인간관계 전문가 등의 역할을 했다. 프로그램의 일부 파트는 '당신의 영혼을 기억하기' 코너에 할애했다. 이 코너는 사람들이 자신의 영혼과 접촉하도록 도우려는데 목적이 있다.

그런데 아이러니하게도, 오프라 쇼가 점점 향상하면 할수록 시청률은 하락했다. 사실, 그녀는 저속함에서 탈피하고자 구체적인 노력을 시작할 시기인 1995년에 시청률 하락을 이미 염두에 두고 있었다.

"우리는 지난 10년 동안 성장했습니다. 그래서 난 이런 성장을 쇼에 반영하고 싶습니다. 비록 시청률이 바닥을 친다 하더라도 말입니다."

말초신경을 자극하는 쇼를 원하는 시청자가 점점 프로그램을 떠나고 있는데, 설상가상으로 오프라의 어투가 점점 설교조로 변해갔고, 행동도 선인善人 같다는 비판에 맞닥뜨렸다. 몇몇 TV비평가들은 그녀의 근거 없는 자만심과 새로운 시도를 비판하고 나서기 시작했다. 하지만 오프라는 예전처럼 사람들을 즐겁게 하는 사람이 아니었고, 그런 비판에 괴로운 것처럼 보이지도 않았다. 나이가 들수록, 직면한 괴로움이 많으면 많을수록, 그녀는 더욱더 강해졌다. 특히 올바른 일이 무엇인지를 알게 되었을 때는 더욱 그랬다. 그 가운데 중요한 사례를 찾아보면, 그녀는 어린 시절 자신이 겪은 아동학대를 접하는 방식이다.

1990년에 쇼를 하는 동안 오프라는 어릴 때 혹독한 폭행을 당한 자신을 정신적으로 보호하고자, 다중인격을 발병시킨 한 여성을 인터뷰하는 중이었다. 그 여성이 말할 때마다 오프라의 눈에서 눈물이 줄줄 흘러나왔다. 그녀가 학대받은 이야기를 자세히 열거하자 오프라는 자신이 겪은 경험에 감정이 입이 되어, 감정이 점점 격해졌다.

"방송 중에 예전에 일어났던 일들이 떠올랐어요. 다른 사람의 경험을 듣는 중간에 말이에요. 그래서 잠시 쉬어야겠다고 생각했어요." 오프라는 몇 번이고 연출가에게 잠시 쉬었다가 가자고 말했지만, 그는 이를 받아들이지 않았다.

인터뷰가 끝나갈 때쯤 어느 순간, 오프라는 예전의 경험이 얼마나 자신을 괴롭히고 있으며, 아직도 큰 영향을 주고 있음을 깨달았다. 이런 방식으로는 전혀 생각지도 못한 일이었다. 그녀는 학대받은 일에 대해 스스로 비난했던 것이다.

"나는…… 사람들에게 말합니다. '아, 그 아이는 절대로 비난받지 말아야 해요. 무죄인 일에 책임질 필요는 전혀 없습니다.' 이제껏 나는 어느 정도는 내 책임이라고 생각했어요. 나는 바보였습니다."

오프라는 학대받는 아이들을 위한 옹호자가 되기로 했다. 1991년, 오프라는 아동학대에 반대하는 전국적인 캠페인을 전개했다. 그녀는 시민에게 아동학대에 대한 자각을 일깨우고 싶었을 뿐만 아니라 아이들을 안전하도록 도와줄 법령이 제정되어야 한다고 주장했다. 강간당하고 죽임을 당해 미시간호수에서 발견된 시카고 소녀 사건을 접한 오프라는 이를 계기로 이 캠페인에 박차를 가하였다. 그 소녀를 죽인 살인마는 이전에도 다른 성범죄로 복역한 적이 있었다. 오프라는 전 일리노이즈 주지사이자 현재 변호사인 짐 톰슨을 고용해서 아동폭력 전과범에 대한 정보를 통합할 데이터뱅크를 만드는 연방아동보호법의 초안을 작성하도록 했다.

델라웨어의 상원의원 조세프 비든은 국회에 이 법안을 상정했고, 오프라는 상원의원 비든이 의장직을 맡은 상원법사위원회 앞에서 이 법안에 대해 증언했다. 이 법안은 학교와 아동보호소가 FBI 데이터베이스를 이용해서 범죄자의 이력을 조사할 수 있게 하자는 것으로, 막대한 자금이 필요했다.

많은 입법자가 이 법률에 지지를 보냈지만 반대하는 층도 꽤 있었는데, 특히 권력층인 총기협회의 반대가 가장 심했다. 이 법안은 거의 통과될 뻔했지만, 결과적으로는 충분한 득표

수를 얻지 못했다. 오프라는 불행했다.

"아이들을 구하지 못한 거나 마찬가지라고요."

그렇다고 여기서 이 운동을 끝내지는 않았다. 1992년 그녀는 〈무서운 침묵: 아동학대 고발과 종식〉이라는 TV다큐멘터리를 진행했다. 텔레비전 역사상 처음으로 ABC, CBS, NBC, PBS에 동시다발적으로 방영되는 비뉴스 프로그램이다.

"저는 오프라 윈프리입니다. 다른 수많은 미국인처럼 저 역시 아동학대의 증거입니다." 그녀는 프로그램을 이렇게 말하면서 시작했다.

이 프로그램은 성적 학대와 육체적 학대, 그리고 정신적 학대에 초점을 맞추었다. 이 방송이 나가고 아동학대 핫라인으로 11만 2천 통이 넘는 전화가 걸려왔다. 핫라인 담당 소장은 이번 반응은 상상을 초월한 것이라고 말하며 흥분을 감추지 못했다. 이 다큐멘터리는 오프라가 몇 년 전부터 통과시키려고 애쓴 법안에 새로운 생명을 불어넣었다. 1993년 국회는 연방아동보호법안을 통과시켰다. 사람들은 이 법안을 '오프라 윈프리 법'이라고 불렀다. 오프라는 워싱턴 D.C.에서 빌 클린턴 대통령이 법안에 서명하는 모습을 지켜보았다.

오프라는 수년에 걸쳐서 텔레비전 프로그램에서 아동학대에 대한 주제를 다루었고, 여기저기에 칼럼도 발표했다. 2005년에 어린이를 유괴해 잔인하게 살인한 사건을 뉴스에서 접

한 오프라는 다시 한번 온 힘을 기울여 아동학대 반대운동을
펼치기로 했다.

"이제는 멈추어야 합니다. 여러분과 제가 온 힘을 합쳐서
전력을 다해 악마를 물리쳐야 합니다." 무대에 홀로 선 오프
라는 결연했다.

오프라는 토크쇼와 웹사이트에 아동학대범들 사진들을 올
리며 현상금으로 한 명당 10만 달러를 걸었다. 그녀는 시청자
들에게 놈들을 검거하는데 도움을 달라고 호소했다. 몇 주 내
에 폭력범 대여섯 명이 검거되었다. 오프라는 그나마 놈들을
거리에서 쓸어낸 것을 다행으로 여겼다.

오프라는 아동학대에 반대하는 운동을 이끄는 것이 행복했
다. 그러다 1996년 충격과 절망적인 법정 싸움에 휘말리게 되
었다. 그해 오프라는 광우병을 주제로 한 토크쇼를 진행했다.
당시는 크로이츠펠트 야코프병, 즉 인간광우병에 걸린 영국
의 사례를 언론에서 공개해 격렬한 반응이 있고 나서였다. 이
병은 인간이 병에 걸린 소를 먹었을 때, 수십 년이 흐르고 나
서야 병이 발발한다는 것이다. 오프라의 방송에 나온 게스트
는 미국의 소가 작은 칸막이 속에서 불결하게 키워지는 현실
에 대해 폭로했다.

"그는 내게 이제 햄버거를 먹지 말라고 하더군요." 오프라
가 외쳤다.

오프라 윈프리의 힘은 순식간에 입증되었다. 쇠고기 값은 곤두박질 쳤고, 텍사스 목장주들은 격노했다. 그들은 오프라에게 1천 2백만 달러를 물어내라고 소송했다. 그들은 오프라 쇼가 시청률을 올릴 목적으로, 악의를 갖고 고의로 게스트의 말을 편집해 방영해, 미국의 축산업에 손해를 끼쳤다고 주장했다. 피해자들은 오프라가 쇠고기 값이 폭락한 것에 책임이 있다고 주장했고, 오프라의 변호사들은 언론의 자유를 보장한 헌법 수정 제1항을 들어, 오히려 그들이 오프라의 권리를 침해했으니 역으로 소송을 걸겠다고 맞섰다. 재판은 1998년 1월 21일, 텍사스에서 시작되었다.

오프라는 재판의 전 과정을 통제해야 했으므로 텍사스 애머릴로 옮겨서 쇼를 진행했다. 1년에 200개나 되는 쇼를 소화해야 했기에 별다른 선택의 여지가 없었다. 재판은 6주 동안 진행되었고, 오프라에게는 힘겨운 과정이었다. 낮에는 법정에서 보내고, 밤에는 TV쇼를 진행해야 했다. 스텝들은 애머릴에 작은 임시 스튜디오를 마련해서 일을 진행했다. 지역 주민들이 쇼를 관람하고자 임시 스튜디오를 찾아왔다. 트레일러가 드레스룸과 헤어스타일, 메이크업하는 공간으로 사용되었지만, 턱없이 부족했다. 오프라는 잠깐이라도 집처럼 느끼고 싶은 마음에 사는 공간과 일하는 공간에 친구들과 가족의 사진을 걸어놓았다. 사랑하는 강아지 코카스패니얼 소피아도 그녀와 함께했다.

재판을 진행하는 동안 오프라는 이번 사건에 도움을 준 필립 맥그로를 만났다. 지금은 '닥터 필'로 알려진 인물이다. 미국 최고의 법률컨설팅 회사인 코트룸 사이언스 창업자인 그는 오프라가 재판을 준비하는 것을 도왔다. 그는 배심원들을 분석했고, 관련된 법규를 조사했고, 모의재판을 주관하며 오프라의 변호사들이 최고의 변론을 할 수 있도록 만반의 태세를 갖췄다. 오프라는 현실적인 그에게서 어떤 가능성을 보았다. 그는 오프라에게 "있는 그대로 말해요"라는 말을 자주 했는데, 그의 이런 말투가 시청자에게 호소할 수 있을 거라는 생각이 들었다. 재판이 끝나고 오프라는 이 상담사에게 자신의 쇼에 고정으로 나와 줄 것을 청했다. 이를 계기로 이후에 그는 자신의 토크쇼를 맡아서 진행하게 된다.

재판 경험은 상상한 것보다 훨씬 더 고달팠고, 상대 측 변호사들이 번갈아가며 오프라에게 심문했을 때에는 정말로 최악이었다. 오프라는 증인석에 앉아 있었는데, 상대 측 변호사는 그녀 옆에 아주 가까이 서서 그녀를 거짓말쟁이며 조작자라고 밀어붙이며 얼굴에 침을 튀겨가며 말했다. 하지만 교대로 심문을 받는 중간에 오프라의 얼굴이 '환하게 밝아지는 순간'이 있었다. 그녀는 거기서 새로운 뭔가를 보았다. 변호사가 공격을 퍼붓는 와중에 오프라는 밖에서 그 사람이 모르는 일

광우병 소송에서 승소 판결이 나자 환호하는 오프라 윈프리

을 가지고 그 사람을 판단할 수 없다'는 것을 깨달았다. 이런 깨달음을 만나는 순간 오프라는 재판의 결과가 무엇이든 간에 이미 이긴 것이나 다름없이 느꼈다.

오프라는 재판과 관련된 수많은 일을 처리한 다음에, 시청자에게도 이번에 얻은 인생교훈에 대해 말해줄 생각이다.

"누구에게나 시련은 있습니다. 하지만 여러분은 '이건 내 인생이니, 절대로 패배하지도 않을 것이다'고 말해야 합니다. 여러분은 확신해야 합니다. 지금 일어나는 일에 유린당해서는 안 된다고요. 그건 바로 내 일이기 때문입니다." 훗날 오프라는 말했다.

이런 경험으로 말미암아 마음이 좀 가벼워지긴 했지만, 배심원이 판결을 내리러 나오는 모습을 보자 여전히 가슴이 두근거렸다. 무죄가 선고되었다. 법정 밖으로 성큼성큼 발걸음을 내디딘 오프라의 얼굴에는 환한 미소가 가득했다.

"언론의 자유는 살아 있을 뿐만 아니라 우리에게 감동까지 주었습니다." 오프라는 카메라 앞에 서서 말했다.

오프라가 저질 토크쇼에서 점점 더 자신을 떼어놓으려는 시도로 새로운 것을 도입했다. 그것은 어떤 현상에 대한 문제점을 주제로 하기보다는 오히려 그 해결책을 위주로 하려는 시도였다. 가끔 아주 사소한 것들이 오프라에게 획기적인 아이디어를 제공해 주기도 했다. 엔젤 네트워크가 바로 그것이었다. 시청자로 하여금 다른 사람들을 돕게 하자는데 그 취지가 있었다. 어느 날, 오프라가 노라라는 소녀가 주위 친구들과 이웃들에게서 잔돈을 모금하여 수천 달러를 만들어 기부했다는 이야기를 듣게 된 데서 아이디어를 얻어, 급속히 싹을 틔우기 시작했다. 어린 아이가 그토록 많은 돈을 모금할 수 있다면, 오프라도 시청자와 더불어 엄청난 금액을 모금할 수 있지 않겠는가? 그녀는 이 프로젝트를 '세상에서 가장 큰 돼지저금통'이라고 이름 붙였다. 오프라는 시청자들에게 쓰고 남은 잔돈을 기부받아 주마다 한 명씩 가난한 학생들 50명에게 장학금을 전달할 예정이었다.

오프라가 가난한 학생들에게 장학금을 주는 것이 이번이 처음은 아니었다. 1987년으로 거슬러 올라가 보면, 오프라는 아버지 버논과의 약속을 이행하기로 했다. 그것은 볼티모어로 옮겨올 때 테네시 주립대학교에서 끝마치지 않은 채로 남겨놓은 '시니어 프로젝트'를 마치는 일이었다. 과정을 끝마치고 대학 측은 오프라에게 졸업 연설을 해줄 것을 청하였다. 연설에서 오프라는 아버지의 이름으로 학생 10명에게 장학금을 기부하겠다고 발표했다. 아버지 버논은 늘 그녀에게 교육에 힘쓰라고 격려하며, 교육은 성공적인 미래를 위해서는 꼭 갖춰야 할 근본이라고 강조했다.

'세상에서 가장 큰 돼지저금통'에 대한 반응은 무척 뜨거웠다. 심지어 퍼스트레이디 힐러리 클린턴도 가족이 모은 돼지 저금통을 들고 오프라 쇼에 참여했다. 10개월 만에 100만 달러 이상이 모였고, 학생 50명에게 장학금이 각각 2만 5천 달러씩 돌아갔다.

동시에 오프라는 엔젤 네트워크 활동의 목적으로 사랑의 집짓기운동연맹과 더불어 가난한 사람들에게 집을 지어주었다. 집 200채가 알래스카의 앵커리지에서 텍사스의 댈러스에 이르기까지 미국 전역에서 지어졌다.

1998년, 엔젤 네트워크는 공식적인 대중 자선단체가 되었다. 오프라의 엔젤 네트워크는 자선 프로젝트를 후원하고 비영리단체에 후원금을 공급했다. 미국 남동부를 강타한 허리케인 카트리나 재앙에 직면해서 엔젤 네트워크는 시청자에게 집 잃은 사람들을 위해 집을 짓고 가구를 만들도록 도울 방법을 제시했다. 또한 엔젤 네트워크는 아시아와 남미, 아프리카 등을 포함한 전 세계에 학교를 짓고 있다. 2005년까지 엔젤 네트워크가 모금한 금액은 2천7백만 달러가 넘었다. 이 기금의 100퍼센트가 기부로 쓰인다.

10
마이더스의 손

사람들은 대부분 좋아하고 전념할 수 있는 것을 찾는 습성
이 있다. 오프라 윈프리 또한 다양한 예술과 통신 분야에 관
심이 많았고, 그 모두를 추구했다. 수년 동안 영화와 케이블
TV, 책과 잡지 출판, 연극 등에 손을 뻗은 오프라는 이 분야
모두에서 성공을 거머쥐었다.

오프라는 아이디어를 소개하여 공감을 얻어내는 공개 토론
장으로 토크쇼를 이용했으며, 그녀는 이런 행동이 아주 편안
했고 유익했다. 하지만 마음속으로는 언제나 배우가 되는 꿈
을 포기하지 않았다. 이 꿈은 〈컬러 퍼플〉과 〈미국의 아들〉에
출현하며 실현되었지만, 자신에게 맞는 역을 계속해서 찾기
란 실로 어려운 일이라는 걸 익히 잘 알고 있었다. 어찌 됐든
할리우드 여배우들은 대부분 젊고 마른 백인 여자들이니까.

오프라가 소피아 역을 했을 때는 서른이 넘은 나이였다. 게다가 백인 역은 결코 할 수 없을 테고, 마른 적도 아주 잠시뿐이었다. 이런저런 이유로 오프라는 일찍부터 영화산업에 뛰어든다면 배우로 일할 기회가 좀더 확보할 수 있으리라고 여겼다.

그 첫 발걸음은 하포스튜디오에서 시작되었다. 오프라는 이곳에서 텔레비전 쇼를 녹화했고, 자신이 제작하고 출연할 다른 프로젝트를 전개해 나갔다. 1988년 오프라는 최연소 올해의 방송인 상을 받는 영예를 누렸고, 같은 시기에 글로리아 네일러의 소설을 각색한 〈브루스터가의 여인들The Women of Brewster〉라는 미니시리즈 제작에 들어갔다. 이 이야기는 공동주택에 사는 흑인 일곱 명이 가족을 부양하는 삶을 그린 것으로, 이 작품에는 오프라의 공감을 사는 주인공들이 나온다. 어머니를 닮은 여인들과 어린 시절에 주위에서 많이 봐온 사람들이 주인공으로 등장한다. 그들은 고달픈 환경에서도 육체적으로든 감정적으로든 가족을 지키고자 고군분투하며 삶을 살았다. 영화 속 주인공들도 이들처럼 고통스럽지만, 꿈으로 가득 찬 삶을 살며 가족과 친구들을 돌본다. 머리카락을 회색으로 염색한 오프라는 시슬리 타이슨과 로빈 기븐즈와 더불어 주인공들 일곱 명 가운데 한 사람으로 등장한다.

〈컬러 퍼플〉때와 마찬가지로 이번 영화도 흑인 남성의 성향을 놓고 논쟁이 분분했다. 전국유색인종연합회NAACP는 흑인 남성을 혹시 부정적인 이미지로 묘사했는지를 확인해보고자 영화가 촬영에 들어가기 전에 대본을 보고 싶다는 요청을 넣었다. 하포프로덕션은 이 요청은 거절했으나, 흑인 남성의 이미지를 좀 부드럽고 온화하게 바꾸었다. 다시 한번 오프라는 흑인 여성의 일상에 초점을 맞추어 그들의 삶을 그려나갔다.

이 미니시리즈는 엇갈린 평가를 받았으나 시청률이 높았기에 ABC 방송국은 하포프로덕션에 다른 에피소드를 좀더 추가해 계속 방영해 줄 것을 청했다. 오프라는 이번 프로젝트에 전념을 다했지만, 더는 시청자들의 흥미를 끄는 데에 실패했기에 에피소드 4편이 방영되고 〈브루스터가의 여인들〉은 막을 내렸다. 이에 굴하지 않고 오프라는 또다시 자식들을 돌보는 흑인 어머니의 삶을 그린 주제를 TV영화로 만들었다. 이 영화는 〈이곳에는 아이들이 없다There are No Children Here〉라는 제목을 달고, 실화를 바탕으로 만들었다.

"우리는 가난할지는 모르나 악마에게 영혼을 팔지는 않아요." 주인공 라조 리버스 역을 맡은 오프라가 말한다.

이 영화는 시카고에서 촬영했는데, 오프라는 시카고의 주민들을 엑스트라로 출연시켰다.

하포스튜디오에서 제작한 몇몇 TV영화 가운데는 아카데미 여우주연상을 받은 할리 베리를 주인공으로 한 작품도 있다. 제목이 〈웨딩〉인 이 영화는 1950년대 매사추세츠 주 동부의 고급 휴양지 마서즈 빈야드에 사는 상류층 흑인들의 삶을 그리며, 다른 인종끼리의 결혼 문제를 탐험했다. 그러고 나서 2005년, 할리 베리는 오프라의 야심 찬 프로젝트 조라 닐 허스턴의 고전 〈그들의 눈은 신을 보고 있었다Their Eyes were Watching God〉라는 TV영화에 주연으로 출연한다.

오프라가 이 책을 처음으로 접한 곳은 비행기에서였다. 1920년대를 살았던 흑인 여성 제니 크로포드의 삶에 매료되어 비행기를 타고 가는 내내 흐느껴 울었다. 제니는 사회적인 억압에도 굴하지 않고 사랑과 정신적인 충만을 찾으려고 애쓴다. 오프라는 이 책이 '사상 최고의 러브스토리'이기 때문에 자신을 매료시켰다고 했다. 이 작품을 영화화하기로 정한 오프라는 할리 베리에게 전화를 걸었다. 그때는 할리 베리가 〈몬스터 볼Monster's Ball〉로 아카데미 여우주연상을 받은 바로 다음 날이었는데, 오프라는 그녀에게 제니 역을 해줄 것을 청했다. 당시 오프라는 베리가 오스카상을 받은 직후라 텔레비전 영화에 출연하고 싶은 마음이 들 거라고는 확신하지 못한 상태였다. 하지만 베리는 이 작품의 주제가 피부색을 초월한 사랑과 생존을 다루었다는 것에 끌렸다.

많은 사람이 이 영화를 보고 만족해했지만, 책을 읽은 사람들은 아이러니하게도 이 영화의 가장 강력한 비판세력으로 부상했다. 그들은 책에서 본 '암울함'을 영화에서는 찾아볼 수 없다는 것에 한탄했다. 예를 들면, 어중간한 억양에다, 두 드러진 흑인의 격한 감정을 일부러 부드럽게 처리하여, 오히 려 영화 내용을 전반적으로 평이하게 했다.

그랬다손 치더라도 이제껏 오프라가 가장 큰 문제에 부딪 힌 영화는 흑인 여성 최초의 노벨상 수상자 토니 모리슨의 책 을 각색한 〈비러브드Beloved〉이다. 이 영화는 오프라가 몹시 애지중지하는 작품이지만, 그녀에게 가장 큰 고통과 번민을 안겨준 작품이기도 하다.

〈비러브드〉는 농장에서 탈출한 흑인 여성 노예 세더라는 여 인을 그린 이야기다. 탈출에 성공한 세더는 우여곡절 끝에 폴 디라는 흑인 남성과 만나 생활하지만, 폴 디는 그녀에게서 악 의적인 기운이 감도는 것을 느끼곤 소스라치게 놀란다. 세더 가 폴 디에게 그건 사악한게 아니라 그저 구슬픈 것이라고 설 명했지만, 그래도 세더는 당황할 수 밖에 없었다. 그 기운은 세더가 이전에 죽인 딸아이의 영혼이었다. 곧이어 그 아이의 영혼은 스스로 'Beloved'라고 칭하며 소녀의 형상으로 나타 난다.

토니 모리슨은 〈비러브드〉를 영화로 만드는데 약간 회의적 인 반응을 보였다. 이 책의 구조는 기억과 상상력이 시대를 왔다갔다하며 정교하고 복잡한데다, 헝클어져 있기까지 하여 다루기가 여간 고통스러운 것이 아니기 때문이다. 그러나 이 이야기는 오프라의 가슴에 진하게 울려 퍼졌기에 세더의 이야기를 스크린으로 옮기기로 했다.

"이건 완전한 러브스토리예요. 영혼의 오디세이고, 역사적 이야기이자 드라마죠. 이건 한 여성이 자신의 기억을 재구성하도록 한 탐구이기도 하죠……. 토니 모리슨은 이 책에서 노예들이 무엇을 느끼는지, 어떤 모습을 원치 않는지를 잘 보여주었다고 생각합니다." 오프라가 BBC 방송국 인터뷰에서 말했다.

오프라는 세더 역을 할 예정이었는데, 그러려면 노예 경험에 몰두해야 했다. 이 배역을 준비하고자 오프라는 노예폐지론자들이 노예들을 도와 북부로 탈출시켜 자유를 찾는 데 이용한 경로인 지하철도를 탐험하기로 했다.

"노예들이 숲 속에서 헤매며 노예의 삶 너머의 삶을 살고자 북부로 향할 때 어떤 감정이었는지를 직접 느껴보고 싶었어요. 가장 기본적인 자유는 적어도 주인이 시시각각으로 이것 해라 저것 해라 등의 명령을 듣지 않아도 된다는 것이 아니겠어요?" 그녀는 BBC 방송국과의 인터뷰에서 말했다.

이 여행은 단지 체험인데도 예상했던 것보다 훨씬 더 힘들었다. 메릴랜드 숲 속에 홀로 남은 오프라는 영화에서 백인 노예상인이 뒤쫓는 것과 같은 무시무시한 공포를 느꼈다.

"나는 몹시 흥분해 어두컴컴한 곳을 배회했어요. 그러다 불빛을 보았죠. '아, 드디어 살았구나!' 하는 생각이 들었죠."

이 영화에 제격인 감독을 오랫동안 물색한 끝에 오프라는 조너선 데미와 만족스럽게 계약을 체결했다. 1997년, 그러니까 오프라가 이 책을 처음으로 읽으며 "황폐함과 동시에 압도당했고, 또한 구조된 느낌"이라고 말한 지 10년 만에 영화 촬영이 시작되었다.

오프라는 영화를 찍는 동안 영화의 전개사항을 낱낱이 기록했다. 마침내 이것은 『저널 투 비러브드*Journal to Beloved*』라는 책으로 출간하기에 이르렀다. 이 책에는 영화제작 과정을 아주 강렬하게 묘사해놓았다. 오프라는 영화 속에서 세더의 절망을 표현해야 했을 뿐만 아니라 강간과 살인 장면을 연기하고자 자신의 내면으로 깊숙이 들어가야만 했다.

어느 순간 오프라는 완벽하게 자신을 버리고 세더 배역에 집중하게 되었고, 더러는 자신의 감정에 스스로 섬뜩해지곤 했다. 폭력 장면을 견디기 어려워 어찌해야 할 바를 모를 때면 촛불을 켜놓고 실지 노예들의 이름을 불렀다. 그들 가운데 일부는 신문에서 읽은 사람들이었다. 또 가끔은 "오늘, 널 위해서 연기하는 거야, 빅 애니"라고 혼자서 속삭이기도 했다. 영화의 남자주인공을 맡은 데니 글로버 또한 상당히 감정적으로 복잡해져서 어느 순간 풀썩 주저앉기도 했다. 얼굴에 눈물을 주룩 흘리면서 그는 오프라에게 마치 자신이 미국 노예

〈비러브드〉에서 세더 역을 한 오프라 윈프리.
이 작품은 오프라의 심금을 울렸다.

들의 영혼에 둘러싸인 느낌이라고 했다.

이 영화는 1998년 화려한 선전과 더불어 개봉되었다. 일부 비평가들에게는 호평을 받기도 했지만, 관객은 이 영화에 전혀 흥미를 보이지 않았다. 당연히 성공을 확신했던 오프라는 대대적인 광고를 퍼부었지만, 사람들은 그저 관망만 할 뿐이었다. 영화를 본 사람들은 그 구성에 자주 당황했고, 시각적인 폭력에 마음이 편치 않았다.

오프라 윈프리는 실패에 익숙하지 않았기에, 실망감도 컸다. 그녀는 이 영화를 '베이비'라고 불렀지만, 영화를 관람한 관객은 "이 영화는 불쾌하고, 호소력도 없어요"라고 평했다. 이런 모욕은 응어리가 되어 그녀의 가슴을 아프게 했다.

오프라는 영화를 개봉한 지 일주일 만에 박스오피스에서 저예산 영화인 처키시리즈 3탄 〈처키의 신부〉에조차 패배하자 낙담하고 좌절해 충격에 빠졌다. 오프라는 이런 상황을 극복할 수도, 어떻게 해야 하는지 설명할 수도 없었다. 그래도 어쩔 수 없이 실패를 받아들이고 두려움을 극복해야만 했다. 큰 사건이 일어날 때마다 늘 그랬던 것처럼 오프라는 이번 경험에서 어떤 교훈을 배워야 할지를 알아내려고 노력했다. 하지만 아무리 애를 써도 〈비러브드〉 반응에 대한 실망감과 이 영화를 향한 희망을 조화시킬 수가 없었다.

그래서 오프라는 자기 쇼의 단골 게스트인 주로 심리문제를 다루는 책을 저술하는 게리 주커브에게 이런 상황에 대한 그의 견해를 들어보려고 전화를 걸었다. 그는 그녀에게 단순한 질문을 하나 던졌다.

"영화를 만들 때 당신의 목적이 무엇이었나요?"

오프라에게는 이런 질문에 답할 말이 늘 준비되어 있었다.

"영화를 아주 강렬하게 그려내어, 관객이 그저 눈으로 보는 것만이 아니라 마음으로 느끼도록 해주려고 했죠. 이번 영화에서 보여주려고 한 것은 노예라는 자체를 극복하고 자신을 사랑하고 삶을 재건설할 수 있도록 하는 게 목적이었어요." 그녀가 대답했다.

"맞아요, 당신은 그렇게 했어요." 주커브가 대답했다.

마침내 오프라는 깨달음의 순간을 맞이했다. 그때야 그녀는 이제껏 생각하지 못한 것이 있다는 것을 알아차렸다. 흑인이든 백인이든 사람들은 대부분 자신이 느꼈던 것과는 달리, 노예에 대한 강렬함을 느끼고 싶어하지 않는다는 사실이다.

"그 순간 나는 기꺼이 박스오피스 순위에 대한 기대를 포기하고, 그저 영화만을 바라보았어요. 그러면서 슬픔을 저버렸죠. 그러니까 이 영화를 보며 함께 공감해주며 감동해준 모든 사람에게 감사하는 마음이 생기더라고요." 그녀가 말했다.

이번에 오프라가 얻은 더 큰 교훈이 있다. 그것은 '정성을 다하라, 그러고 나서 여정을 즐겨라. 그리고 결과는 신경 쓰지 않는다. 그저 신의 손에 맡겨라' 이다.

오프라가 끊임없이 감동 깊게 읽은 책 중에서 영화를 제작할 대상을 찾는 것은 우연이 아니었다. 오프라 윈프리를 묘사하는 수많은 단어 중에서 상당히 중요한 것이 아마 '독서가'일 것이다.

오프라에게 영향을 준 도서목록은 아주 길다. 맨 처음 목록은 청소년기에 읽은 로이스 렌스키의 『딸기소녀 *Strawberry Girl*』로 시작한다. 오프라는 친구가 없어 외로울 때마다 책을 읽었다고 했다. 고독한 소녀가 밀워키에 있는 고등학교 카페테리아에 앉아서 책을 읽으며 시간을 보냈다. 오프라는 책이 자신에게 얼마나 큰 의미가 있는지를 알고 있었다. 한때 불행하고 학대받은 오프라는 책을 통해서 현재의 고통에서 벗어나 또 다른 세상의 창문을 열 수 있었다.

이러한 책과의 유대감을 생각해볼 때 오프라가 좋아하는 책 내용을 시청자에게도 전달해주기를 원한 것은 당연한 일이라 볼 수 있다. 이런 매개체 노릇을 한 것이 〈오프라 북클럽〉이다. 이 아이디어는 프로듀서인 앨리스 맥기에 의해서 탄생되었다. 몇 년간 앨리스와 오프라는 많은 책을 검토하며 토론했고, 다른 사람들과도 논의했다. 그러던 어느 날, 앨리스가 오프라에게 와서 말했다.

"이걸 방송해보면 괜찮지 않을까요?"

처음에 오프라는 이 아이디어가 그리 탐탁하지 않았다. 뭘, 어떻게? 방송용 북클럽이라고? 까짓것 한 번 해보지 뭐.

북클럽은 놀라우리만큼 성공을 거두었다. 오프라와 앨리스는 매달 새로운 책을 소개하기로 했다. 우선 책을 선정하여 시청자들에게 알려주어 읽게 하고, 그런 다음 여러 게스트들을 초대하여 선정된 도서의 저자와 저녁을 먹으며 토론하는 형식이었다. 선정도서의 기준은 단순하여, 오프라가 마음에 들면 그뿐이었다. 그녀가 선택한 첫 책은 아이의 실종사건을 다룬 재클린 미처드의 『바다의 깊은 끝*The Deep End of the Ocean*』이다.

선정도서가 발표되자마자 거의 즉각적으로 베스트셀러 목록에 올랐다. 북클럽에서 오프라가 선정한 월리 램의 『쉬즈 컴 언돈*She's Come Undone*』과 이사벨 아옌데의 『미래의 딸 *Daughter of Fortune*』과 같은 책은 눈부신 판매 부수를 기록했다. 이와 동시에 오프라는 작가와 출판사가 가장 좋아하는 인물로 드러났다. 하지만 이런 성공은 오프라 쇼에서는 크나큰 부담으로 작용했다. 출판사들이 자신의 책을 선정해 달라고 과하게 압박을 가하였기 때문이다. 2000년 이후로 몇 년간 오프라는 새로운 도서를 선정하는 압력에서 벗어나고자 자주 『에덴의 동쪽』과 윌리엄 포크너의 작품과 같은 고전을 선정하기도 했다. 이런 도서들은 긍정적인 반응을 보이며 시청자들에게 선보였다. 고전 도서에 대한 시청자의 반응은 뜨거웠고, 그들은 오프라에게 아주 만족해했다. 어떤 여성은 예전에는 오프라 쇼를 전혀 보지 않았지만, 이제는 북클럽을 보며 책을 읽는다고 인정했다. 또 어떤 사람은 오프라의 북클럽 선정도 서가 항상 마음에 드는 것은 아니지만, 그래도 서점에 들르는 습관이 생겨서 책을 산다고 했다.

북클럽이 대단한 성공을 했다손 치더라도 몇몇 논쟁거리가 있었다. 2003년에 약간의 문학적 분란이 일어났는데, 그것은 북클럽에서 선정된 『코렉션즈*The Corrections*』의 저자 조너선 프랜즌이 선정을 명확하게 거부하는 일이 벌어졌다. 그는 오프라 북클럽에 선정되면 작품의 가치가 떨어진다는 이유로 이를 거절했다. 오프라는 몹시 불쾌했기에, 즉흥적으로 그를 쇼에 초대하는 것을 취소했다.

또 다른 좀더 심각한 사건도 있었다. 오프라는 제임스 프레이의 회고록 『백만개의 작은 조각들*A Million Little Pieces*』를 선정했는데, 이 작품에서 그가 마약중독과 알코올중독을 극복한 이야기가 실제 경험이 아니라는 것이 밝혀졌다. 이 부분에 대하여 프레이는 일부는 과장되고 일부는 압축되었기는 했어도 여전히 실화라고 주장했다. 문학공동체는 오프라가 지지를 철회할 것인지 아닌지를 주의 깊게 관찰했다. 2006년 1월, 오프라는 〈래리 킹 라이브Larry King Live〉에 출연해서 시청

자에게 의견을 피력했다. 여기에는 프레이도 게스트로 참여
했다.

"이 책의 근본 메시지는 아직 내게 유효합니다. 이 책을 읽
은 수많은 독자에게도 마찬가지일 거로 생각합니다." 오프라
는 이번 논쟁에 당황하긴 했지만 이렇게 말했다.

이번만은 오프라의 본능이 빗나갔다. 사람들은 프레이가 회
고록에 사실과 허구를 혼합하여 서술한 것에 배신감을 느꼈
고, 또 오프라가 그를 옹호하는 것에 분개했다. 2006년 1월,
오프라는 쇼 후반부에 카메라를 정면으로 응시하며 말했다.

"저는 실수를 했습니다. 여러분에게 진실이 아무런 문제가
되지 않는다는 인상을 남겼어요. 이것에 대해 진심으로 사죄
합니다. 이건 저 또한 믿지 않습니다…… 이 문제에 대해 이
의를 제기한 여러분, 여러분이 절대적으로 옳습니다."

그날 쇼에는 프레이와 출판사 사장 낸 A 탈레스가 게스트
로 나와 있었고, 오프라는 그들에게 대중의 질타에 대해 설명
했다. 그녀는 또 그들이 이 책을 출간한 동기와 방식에 대해
서도 이의를 제기했다. 이 사건은 폭풍우처럼 전국으로 퍼져
나가 국민 전체가 이 책과 오프라의 반응, 작가의 책임감 등
에 대해 토론했다.

21세기로 넘어가는 시점에서 오프라는 두 가지 사업에 관
심을 보였다. 2000년 2월에 하포프로덕션이 옥시전 미디어와

협력하여 '옥시전'이라는 여성전용 케이블 네트워크를 발전시켰다. 옥시전에서는 오프라의 핵심 시청자들에게 다가가고자 좀더 근본적인 프로그램을 방영할 계획이었다. 새로운 사업과 더불어 오프라는 〈오프라 윈프리 쇼〉를 확장하여 형식을 따지지 않은 형태의 〈오프라 애프터 더 쇼Oprah After the Show〉라는 한 시간짜리 프로그램을 편성했다. 이 쇼에 참여한 청중은 게스트와 함께 섞이어 질문도 하고 의견도 내놓았다. 다방면으로 이 쇼는 초창기 〈오프라 윈프리 쇼〉 형식으로 되돌아갔다. 특히 오프라가 자주 마이크를 들고 청중 사이로 갈 때는 더욱 그랬다. 이 쇼의 청중은 프로그램에서 좀더 중요한 위치를 차지했다.

하지만 21세기로 접어들어 오프라의 가장 큰 성공은 2000년에 창간한 〈O〉 매거진이라 할 수 있다. 거대 출판사 허스트사는 오프라가 북클럽을 통해 보여준 영향력을 인정했기에, 잡지 출판에서도 똑같이 중요한 역할을 할 것이라고 믿었다.

처음에 허스트사와 오프라는 잡지의 내용을 두고 서로 의견이 충돌했기에 잡지산업은 시작부터 험난했다. 하지만 결국 오프라의 의견대로 여성들에게 영감과 힘을 불어넣어 주자는데 동의했다. 그녀는 잡지 이름을 〈O〉라고 지었다.

"내가 〈O〉를 좋아하는 것은 단순하고 직접적이기 때문이죠. 게다가 주위 사람들이 나를 오라고 부르기를 즐기니까요." 오프라가 말했다.

"〈O〉는 독자가 이 잡지와 더불어 경험하게 될 유대감과 결합을 반영하고 있죠. 〈O〉는 오프라의 독특한 기를 받아서 21세기를 살아가는 여성들의 개인적 성장의 지침서가 될 겁니다." 잡지가 가판대에서 히트하기 전, 편집장이 말했다.

아무리 오프라의 명성이 대단하다고는 해도 당시의 잡지 산업은 그리 전망이 밝지 않았다. 그렇기에 사람들은 2000년 4월에 〈O〉의 창간호를 읽게 되고, 초판이 85만 부가 팔려나갔고, 추가로 50만 부를 인쇄하자 모두 놀라움을 금치 못했다. 〈O〉는 출판 역사상 가장 성공적인 기록임이 판명되었다. 몇 년 안에 이 잡지의 독자는 200만 명이 넘는 쾌거를 기록했다.

〈O〉 매거진 5주년 기념식에서 판결은 더욱 명확해졌다. 〈O〉는 내용상으로 재정적으로 확실한 성공을 거두었다. 광택이 나는 두꺼운 종이에 아름답게 인쇄된 이 잡지에는 감정을 불러일으키고 자기 수양적인 기사들과 요리법, 책 리뷰 등이 가득 차 있다. 〈O〉는 독자가 '최고의 삶'을 사는 데 도움이 되도록 디자인되었다.

오프라의 팬은 〈O〉를 사랑했지만, 일부 사람들이 보기에 이 잡지에는 마음에 들지 않는 오프라에 관한 것들로 가득 찬 것처럼 보이기도 했다. 그들은 이 잡지를 설교조이며 제멋대로이고, 엉터리이며 이기적이라고 칭했다. 확실히 오프라와 관련된 기사가 많은 건 부인할 수 없는 사실이었다. 일부 사람들은 특히 〈O〉의 표지에 반감이 컸다. 발행본마다 오프라의 육감적인 사진이 실렸고, 종종 스포츠카를 운전하거나 말을 타는 것과 같은 자극적인 사진이 실리기도 했다.

어떠한 비판도 그녀를 괴롭히는 것처럼 보이지 않았다. 오프라는 잡지 만드는 일에 적극적으로 참여하고 싶었고, 잡지에 자신의 감정을 반영하는 것이 기뻤다.

"오프라라는 내 이름은 이제 브랜드가 되었어요. 잡지는 내 생활이에요……. 내가 행동하는 방식이고 나를 나타내는 모든 것이라고요." 오프라는 잡지사 간부에게 말했다.

오프라는 〈O〉가 창간된 뉴욕에서 확실한 성공을 거두고자 베스트프렌드인 게일 킹을 잡지사 편집국장으로 임명했다.

〈O〉 매거진의 다섯 번째 기념일을 준비하면서 편집자들은 오프라가 가장 좋아하는 '내가 확실히 아는 것' 칼럼을 모아 잡지에 실었다. 독자들은 이 칼럼에서 오프라의 본질을 찾을 수 있었다. 오프라는 믿음의 근간이 되는 황금률에 근거해서 글을 쓴다. 또한 그녀는 어떤 상황에서라도 감사하는 마음을 갖는 중요성에 대해서, 게일 킹과의 우정에 대해서도 칼럼을 썼고, 〈비러브드〉 평판에 대한 고통에 대해서도 썼다.

2005년 오프라는 마음을 설레게 하는 또 다른 프로젝트에 참여할 기회를 잡았다. 〈컬러 퍼플〉이 영화가 아닌 뮤지컬로

브로드웨이에서 공연할 계획이었다. 오프라는 이 프로젝트에 배우가 아닌 제작자로 참여하기로 했다. 오프라는 계약을 체결하고 캐스팅 배우들을 만났다.

"원작가인 앨리스 워커의 첫 의도와 연결되는 우리의 에너지가 느껴지네요. 워커의 의도와 우리의 에너지를 합하여……. 오늘은 신성한 순간입니다. 나는 모든 것이 준비되었어요. 자 이제, 여러분도 세상을 향해 에너지를 분출하길 바라요. 내가 이 속에 끼었다는 게 축복이군요."

오프라의 배우 생활이 한 바퀴 돌아서 제자리로 돌아온 셈이다.

11
노블레스
오블리주

오프라 윈프리는 세상을 향해 쭉쭉 뻗어나갔다. 〈오프라 윈프리 쇼〉는 유럽, 아프리카, 아시아를 거쳐 아이슬란드에서 웨스턴 사하라까지 전 세계 122개국으로 수출되었다. 이라크와 로완다와 같은 분쟁국들 국민까지도 오프라를 시청하기에 이르렀다.

오프라는 억만장자이자 세계에서 굉장한 영향력을 지닌 여성 가운데 한 사람이 되었다.

오프라 윈프리 재단과 엔젤 네트워크 두 자선 단체는 오프라가 가난한 사람들에게 재정적 후원을 해주는 매체이다. 오프라의 개인적 자선을 맡은 오프라윈프리 재단은 여성과 아이들이 자립할 수 있는 능력을 키우는 일에 초점을 맞추고 있다. 오프라는 이 재단을 통하여 5천만 달러 이상을 기부했다.

오프라의 TV토크쇼는 연속으로 20시즌 이상 시청률 1위를 기록했다. 그러는 동안 오프라는 수많은 영예로운 상을 휩쓸었다. 에미상을 40번 수상한 것 외에도 타임이 '세상에서 가장 영향력 있는 100인'에 선정하였고, 미국 인권자유상, 미국 도서협회 50주년 골드메달상, 밥 호프 인도주의자상, 유엔주재 세계 인도주의자상, 미국 텔레비전 예술과학 아카데미상 등을 수상했다.

오프라 윈프리의 삶에서 매우 흥미로운 것 가운데 하나는 어떻게 성격이 뚜렷이 다른 '명성과 거대한 부'와 '인도주의적인 욕구' 이 두 가지를 함께 유지하느냐이다. 종종 부유한 유명스타들은 무차별적인 소비를 하는 것으로 알려졌다. 청소년 시절 '마구 써버리는' 것이 꿈이었던 오프라는 나름 돈을 마구 쓴 셈이다. 예를 들면, 오프라는 거대한 부동산을 사들였다. 시카고에 콘도 외에도 하와이에 땅을 소유했다. 또 2003년에 캘리포니아 산타 바버라 근처에 호화로운 집을 5,400만 달러에 사들였는데, 이 해안가 집은 역사상 개인이 거래한 가장 큰 거래로 기록되었다.

2004년, 오프라는 50세 생일에 사람들을 초대했다. 이 축제는 주말 내내 이어졌는데, 하포스튜디오에서 생일기념 토크쇼까지 촬영했다. 오프라는 이 축제가 열리기 며칠 전, 프로듀서들과 스텝들은 오프라 모르게 초호화 생일기념 토크쇼를 기획했다. 게일 킹이 파티를 주관했다. 초대손님들은 오프라의 친구들과 가족으로 구성했다. 이들은 오프라의 사진이 담긴 이색적인 실크로 만든 작은 책 형식의 초대장을 받았다.

쇼가 시작되자 하늘하늘한 하얀색 블라우스와 바지를 입은 오프라가 문쪽에서 걸어 나왔다. 약간 '언짢은' 듯이 보였고 어리둥절한 표정이었다. 쇼를 완벽히 통제해야 하는데, 그렇지 못하다는 느낌 때문이었다. 스튜디오가 완전히 바뀐 모습을 보자 그녀는 놀라움으로 가득 찼다. 플로리스트 17명과 이벤트 직원 100명이 야생란과 장미 수천 송이를 동원하여 스튜디오를 아름답게 장식했다. 수많은 꽃이 임시로 특별히 만든 거대한 크리스털 샹들리에와 어우러져 아름다움을 뽐냈다.

첫 번째 서프라이즈 '선물'이 문쪽에서 모습을 드러냈다. 바로 오프라의 친구 존 트라볼타였다. 존 트라볼타는 두 눈에 눈물을 흘리며 그녀에게 "이 사회에 삶의 정신을 불어넣어 준 사람"이라고 칭하며 축하의 말을 건넸다. 줄리아 로버츠, 제니퍼 로페즈, 제니퍼 애니스톤, 크리스 클록, 탐 행커스, 짐 캐리, 셀린 디옹과 같은 스타들이 대형 스크린에 나타나 축하의 말을 전했다. 티나 터너는 스위스에서 날아왔고, 스티비 원더는 오프라가 가장 좋아하는 노래를 불러주었다. 전 남아프리카 대통령인 넬슨 만델라는 오프라가 가난한 사람들의 복지에 이바지하는 점에 대해 감동적인 연설을 했다. 유난히 오프라는 배우 시드니 포이티에의 찬사에 울먹였다. 1964년 오프라가 열 살 시절에, 영화 〈들백합Lilies of the Field〉로 아카데미상을 탄 시드니 포이티에는 감동 그 자체였다. 포이티에는 주인공 역으로 오스카상을 받은 첫 흑인이었기에, 오프라에게이 장면은 아주 강렬하게 남아 있었다. '그가 할 수 있다면 나도 할 수 있어' 오프라는 이렇게 생각했다.

쇼가 끝나고 게스트들은 식사를 하러 다른 스튜디오로 안내되었다. 그곳에는 유명 요리사인 볼프강 퍽이 만든 180킬로그램이 넘는 크기의 바나나 케이크가 놓여 있었다. 케이크는 요리사가 직접 만든 오프라의 초상화로 치장되어 있었고, 아름다운 꽃들로 덮여 있었다. 케이크의 치장들은 모두 음식재료를 사용했다.

그러나 이것은 주말 내내 치러야 할 여러 파티 가운데 단지서막일 뿐이었다. 축제를 서부 해안으로 옮긴 오프라는 로스앤젤레스의 벨에어 호텔에서 절친한 여자 친구들과 오찬을 함께했다. 토요일 저녁에 오프라는 캘리포니아 친구들 별장에서차린 저녁 만찬에 초대되었다. 사흘 동안 이어진 이 축제는 오히려 스튜디오 파티를 무색하게 했다. 수백만 달러의 비용을들여서 오프라의 친구들은 그들의 별장을 꾸몄다. 야생란 10만 송이와 야외 수영장 위에 댄스홀을 설치했다. 캘리포니아주지사 아널드 슈워제네거와 그의 아내 마리아 슈라이버, 브

래드 피트, 퀸시 존스, 여기자 다이언 소여를 포함한 화려한 게스트들은 우아하고 사치스러운 밤을 즐겼다. 오프라는 스테드먼과 함께 문으로 들어온 그 순간을 아직도 기억한다.

"우리가 안으로 들어갔더니, 층계에 50명이나 되는 바이올린 연주자들이 앉아 있었어요. 아마 한 200명쯤 되는 웨이터들이 각 게스트 뒤에 서 있었어요. 이건 그 누구도 경험해보지 못한 가장 매혹적이고, 사치스럽고, 믿기지 않는 장면이었죠!"

사람들은 이번 파티가 굉장했다는 것에는 의견을 같이했다. 하지만 많은 사람이 그 사치스러움을 거론했다. 심지어 일부 팬들도 이렇게 부를 과시하는 것이 볼썽사나운 행위라고 못마땅하게 여겼다. 하지만 오프라는 사죄하지 않았으며, 이런 생일 축제를 경험하게 된 것을 고맙게 여겼다. 그녀는 웃으면서 스테드먼이 해준 이야기를 했다. 50번째 생일파티가 모두 끝나고 그는 오프라에게 어릴 적에 찢어지게 가난하여 신발도 신지 못하고 농장을 뛰어다녔다는 서글픈 이야기를 이제는 그만 듣고 싶다는 말을 했다고 했다. 오프라도 이제는 그 시절을 보상받고도 남았다는 것을 인정해야만 했다.

아마도 오프라가 생일파티에 소비한 돈이 사치가 아니라고 생각하는 건 아마도 돈이 자신을 정의하지는 않는다고 생각하기 때문일 것이다. 오프라는 유명 스타이든 덩컨 선생님을 좋아하던 초등학교 4학년 학생이든 내면은 같은 사람이라고 주장했다. 하지만 오프라는 명성과 재산이 늘어날 때마다 안정감을 느낀 것은 틀림없는 사실이었다. 물론 그녀는 항상 부를 가난한 사람과 나누려고 애를 쓴 것도 확실하다. 늘 "많이 가진 자에게 많은 것을 기대한다"는 것을 신조로 삼았으니까.

한 인터뷰에서 자선 활동을 하는데 어떤 롤 모델이 있느냐는 질문을 받자 오프라는 밀워키에서 살던 어린 시절 한 특별한 크리스마스를 떠올렸다. 당시 엄마는 오프라에게 "우린 돈이 없어서 크리스마스 선물을 사줄 수 없다"고 말한 적이 있다. 오프라는 정신이 혼미해짐을 느꼈다. 크리스마스가 지나면 학교 친구들이 모여서 서로 어떤 선물들을 받았는지 내보이며 뽐낼 것은 뻔한 일이었다. 오프라는 아무것도 자랑할 것이 없다는 생각에 굴욕을 느꼈다. 그런데, 크리스마스이브에 누군가가 문을 두드리는 소리가 들렸다. 근처 교회의 수녀 여럿이 칠면조와 과일 바구니, 그리고 오프라와 동생들에게 줄 자그마한 선물을 사 들고 나타났다.

"안도감을 느꼈어요. 학교에 가서 창피할 필요가 없으니까요. 그분들이 몹시 고맙게 느껴졌어요. 그리고 그분들이 내게 일깨워준 의미가 무엇인지도 알았어요. 하지만 이제까지 그분들을 만난 적도 없고, 성함도 몰라요." 오프라가 회상한다.

바로 그 수녀들이 베풀어 준 자선의 추억이 계기가 되어, 오프라가 2002년에 크리스마스의 기적을 행했다. 오프라는 이 프로젝트를 '크리스마스선행'이라고 칭하며 남아프리카로 날아갔다. 넬슨 만델라 재단과 함께한 이번 여행에는 남아프리카의 보육원과 시골학교를 방문하는 여정이 포함되었다. 2개월 남짓한 여정에 걸쳐서 5만 명이나 되는 아이들이 음식과 의복, 신발, 문구류, 도서, 장난감 등을 선물로 받았다.

오프라는 토크쇼에서 옛 크리스마스 추억에 대해 얘기하면서 시청자들에게 남아프리카의 무시무시한 가난과 에이즈가 휩쓴 공포에 대해서 얘기했다. 오프라가 아무리 부자라 해도 혼자서 남아프리카의 가난에서 파생된 문제를 모두 해결할 수는 없었다. 그렇다 하더라도 오프라는 있는 힘껏 돕고 싶었다. 오프라가 남아프리카를 위해 처음으로 한 일은 행복이라는 자그마한 선물과 희망이라는 크나큰 선물을 가져다주는 것이었다.

에이즈에 수많은 사람의 목숨을 빼앗겼기 때문에 남아프리카에는 지금 엄청난 고아들이 넘쳐난다. 아마도 100만 명 이상은 될 것이다. 사하라 아프리카 이남지역의 참상은 훨씬 더 심각한 상태다. 그곳은 이 세상에서 고아의 숫자가 가장 많은 곳이라 할 수 있다. 잠비아와 탄자니아, 스와질란드 등과 같은 나라에는 1100만 명이 넘는 15세 이하 어린이들이 에이즈로 한쪽 부모를 잃었다. 남아프리카에서는 이런 상황에 부닥

친 아이들은 친척들이 돌봐주거나 보육원으로 향한다. 일부 아이들은 음식을 구걸하며 거리를 헤매고 다닌다.

오프라의 '크리스마스선행' 프로젝트의 목적은 이런 남아 프리카 아이들에게 자신들을 돌봐줄 어른들이 있다는 것을 보여주는 것이었다. 그렇기에 오프라는 그들에게 즐거움을 전해주고 싶었다. 이런 여정을 소화하는데 100명의 인원과 6개월 이라는 시간이 소요되었다. 오프라와 일행들은 크리스마스 선물로 아이들에게 줄 청바지와 스포츠 용품, 가방, 라디오, 장난감 등을 사들였다. 오프라는 특히 여자 아이들에게는 이제껏 구경한 적이 없는 흑인 인형을 선물로 줄 것을 당부했다.

남아프리카에서 가장 황폐한 지역 두 곳을 다니는데 2주나 걸렸고, 거리만도 수천 킬로미터가 넘었다. 오프라 일행은 하얀색으로 뒤덮힌 거대한 텐트촌을 열두 번이나 쳤다. 이 텐트 촌은 구원의 지표가 되어, 곳곳에서 아이들이 손뼉을 치며 노래를 부르며 몰려들었다. 일부 아이들은 그룹으로 모여서 오기도 하고, 어떤 아이들은 홀로 오기도 했다. 다 찢어지고 해진 신발을 신은 아이들도 있었고, 아예 신발 자체를 신지 않은 아이들도 있었다.

그곳에 온 아이들은 모두 자신들이 파티에 초대되었다는 것을 알았다. 더러는 아이들이 남아프리카 전통춤을 추기도 했고, 몇몇 곳에서는 남아프리카 사람들이 사랑하는 전 대통령 넬슨 만델라가 축제에 참여하기도 했다. 또한 오프라는 아픈 아이들을 치료해줄 의사들까지 대동했다. 오프라가 파티에 참석한 아이들 한 명 한 명에게 선물과 새 운동화가 든 배낭을 선사하겠다고 발표하는 순간 파티는 정점에 이르렀다. 어린 아이들의 표정이 순간 멍해지더니, 놀라움과 기쁨이 마

2002년 12월 8일, '크리스마스선행' 프로젝트의 일환으로
남아프리카의 더반Durban을 방문한 오프라 윈프리.

구 뒤섞이며 그들은 이런 행운을 도저히 못 믿겠다는 표정을 지어 보였다. 열정과 기쁨이 순식간에 퍼져 나갔다. 가장 감동적인 순간은 아이들이 선물로 받은 배낭을 어깨에 메고 두 눈이 초롱초롱한 채 미소를 지으면서 파티장을 떠날 때였다.

여정을 거치면서 오프라의 일행들도 아이들처럼 순간순간이 매우 즐거웠지만, 겁나는 사건도 몇 번 있었다. 한 번은 태풍이 불어와 거대한 하얀색 텐트촌을 무너뜨리는 바람에 안에 있던 사람들이 갇히는 사건이 발생했다. 일부 일행들은 태풍에 날린 물건들에 다치기도 했다. 다행히도 파티가 끝나고 아이들이 집으로 돌아가고서 먹구름이 들이닥쳤다. 그렇지 않았다면 상황은 훨씬 더 악화했을 것이다.

오프라는 아이들이 언젠가는 자신들이 인정받고 사랑받았다는 것을 알게 되기를 바랐다. 하지만 그렇게 되려면 사탕과 운동화를 더 많이 공급해주어야 한다는 사실도 알고 있었다. 여정이 끝나갈 즈음 오프라는 오랜 믿음인 '교육만이 세상으로 나가는 창'이라는 교훈을 실행에 옮기기로 마음을 굳혔다. 넬슨 만델라와 함께한 남아프리카 여정 도중에 오프라는 2002년 12월 6일 과텡 지역에 '오프라 윈프리 리더십 아카데미'의 건축을 알리는 첫 삽을 폈다.

이 학교의 목표는 여자 아이들을 교육해 남아프리카의 지도자가 되도록 훈련하는 것이었고, 그들의 잠재적인 능력을 발휘하도록 돕자는 데 그 취지가 있었다. 남아프리카에서 뽑은 일류 선생님들이 이 학교에 배치되었다. 수준 높은 전자통신 시스템을 구축하여 오프라는 시카고에서도 아이들을 가르칠 수가 있었다. 기숙학교인 이곳은 450명이나 되는 여자 아이의 집이 되었고, 그들은 이곳에서 학문을 연마했고, 지도력을 배웠다. 이 프로젝트는 오프라의 개인재단에서 운영했다.

오프라는 이 학교의 미래 졸업생들의 잠재력을 믿으며, 그들이 고난과 가난을 이겨내어 그들의 삶을 변화시키리라 확고히 믿었다. 이런 희망은 오프라의 주요 믿음 가운데 하나가 되어, 〈O〉 매거진 '사설'에 분명히 표현되었다.

"여러분은 스스로 믿는 만큼 될 겁니다. 희망하거나 원하는 게 아니라, 의심하지 않고 믿는 그대로요."

이 학교가 여자 아이들을 잘 교육해, 그들에게 나라를 이끌어갈 리더의 꿈과 열정을 심어 줄 수 있다면 오프라의 소망은 멀지 않아 결국 이루어질 것이다.

그렇지 않은가. 오프라에게도 이런 일이 일어나지 않았는가. 오프라 윈프리의 삶은 진정한 미국의 성공이야기이다. 가장 비천한 시작에서 시작하여, 오를 수 있는 가장 높은 곳까지 올라갔다. 그녀는 단지 명성과 재물에서만 아니라, 할 수 있다는 정신력과 최고의 박애정신을 보여주었다.

오프라는 오랫동안 방송 일을 해오면서 여러 번이나 텔레비전 토크쇼를 그만두겠다는 생각에 사로잡히곤 했다. 그래서 2006년이 지나면 토크쇼에서 은퇴할 예정이라고 밝힌 적이 있었다. 하지만 2004년, 20주년 기념일에 그녀는 2011년까지로 이 계획을 연장한다고 발표했다.

"방송 25주년 기념 토크쇼는 유쾌하고 도전적일 거라는 생각이에요."

오프라는 20주년 기념 발매 DVD에 〈오프라 윈프리 쇼〉의 1996~1997 오프닝을 모은 뮤직비디오를 제작하기로 했다. 논의 과정에서 오프라가 뮤직비디오에서 노래를 하면 어떻겠냐는 의견이 나왔다. 오프라는 노래를 잘 부르진 못했지만, 뮤직비디오에서 노래했고, 이것은 상업적인 목적이 아니라는 것도 아울러 밝혔다. 사실 오프라의 노래 실력은 그리 나쁘지는 않았다. 어쨌든 당시 사람들이 흥미를 느낀 부분은 그녀가 부른 노래 제목이었다. 제목이 〈Run On〉인 이 노래는 흑인의 정신력에 기초한 것으로, 학습과 사랑, 영광과 꿈에 대해 서정적으로 그렸다. 이 노래에는 오프라가 미래를 바라보는 자세가 들어 있는 듯했고, 또 그녀가 사람들에게 용기와 영감을 불어넣어 주어 그들의 삶을 변화시켜주는 한, 시청자도 언제나 그녀와 함께하게 될 거라는 염원이 깃든 듯했다. 노래가 끝나자 그녀는 아주 단순한 초대를 제안했다. "나와 함께 달려가요."

옮기고 나서 🦋

오프라 윈프리는 미국 경제전문지 포브스가 수입, 명성, 시청률, 인지도 등을 종합해서 순위를 선정한 결과 2년 연속으로 '미디어에서 가장 강력한 영향력을 미치는 여성'으로 뽑혔다. '토크쇼의 여왕'이라고도 불리는 그녀의 현재 재산은 27억 달러(약 3조 5,000억)이고 지난해에도 2억 7,500만 달러의 수입을 올렸다고 한다. 그녀의 생각이나 의견 그리고 일거수일투족은 우리에게 잘 알려진 '오프라 윈프리 쇼'뿐 아니라 자신의 이름을 딴 매거진 〈O〉, 케이블 네트워크를 통해서 전해진다. 그리고 대중에게 막대한 영향력을 행사한다. 지난해에는 버락 오바마 대통령 후보를 당선시키는 데 일조하며 '윈프리 효과'라는 말까지 만들었다.

이렇게 화려하고 강력한 영향력을 행사한 여성이 역사상 또 있었을까 할 만큼 그녀의 명성은 대단하다. 한편, 이런 오프라 윈프리는 아메리칸 드림의 상징이기도 하다. 가난한 집안의 흑인 아이로, 10대 미혼모 밑에서 이리저리 떠돌며 자라고, 아홉 살부터 이웃과 친척들에게 지속적인 강간을 당하고, 열네 살에 출산을 경험하고 이렇게 도무지 미래를 낙관할 수 없는 청소년기를 보낸 소녀가 지금의 오프라 윈프리이다.

"외할머니는 읽기의 중요성을 가르쳤고, 내 모든 가능성을 열어두었어요"

첫 번째로 뽑는 성공의 토대로 오프라 윈프리는 늘 어린 시절의 '독서'를 강조했다. 그리고 보잘 것 없는 가난한 흑인 소녀였던 자신의 작은 재능을 믿어주고 격려해 준 여러 선생님의 '칭찬'이 자신의 삶을 강력히 이끌었다고 고백한다. 그런 응원과 사랑 덕분에 그녀는 자신을 존중하는 법을 깨달았고 그런 자신감으로 특별한 재능을 키울 수 있었다.

또 다른 오프라의 성공 비결은 의도했든 의도하지 않았든 '나눔'에 있는 것 같다. '기부 천사'로서의 그녀의 선행은 따뜻한 카리스마(노블레스 오블리주)를 발휘했고 그런 특별한 이미지는 대중에게 질시와 미움을 걷어낼 수 있는 원천이 되었다. 한 칼럼니스트는 "오프라 윈프리는 톱 알파 여성으로 대통령보다 더 신뢰를 받는다"라고 했고, 어떤 잡지에서는 "그녀의 영향력은 어떤 정치인보다, 교황을 제외한 어떤 종교지도자보다 클지 모른다"라고 했다.

　오바마의 대통령 당선으로 공석이 된 일리노이 주 상원의
원 자리를 제안받기도 할 만큼 대단한 그녀의 명성은 도대체
무엇인가? 시골 출신의 가난하고 뚱뚱한 흑인 여성이 미디어
전쟁에서 최고의 시청률을 올리고, 자신의 이름을 건 토크쇼
를 할 수 있는 건 아마도 유달리 넘쳐나는 그녀의 인간미 때
문 아닐까. 남의 이야기를 진심으로 경청할 줄 알고 게스트의
이야기에 오버일 만큼 공감을 표현하고 눈물을 쥐어짜는 진
솔함은 놀랍게도 상대방의 마음을 움직인다. 이렇게 보편적
인간의 감정을 이끌어내고 호소하는 그런 인간적인 풍모는
최고의 경쟁력으로 작용한다. 이것이 오프라 윈프리의 가장
큰 무기로 대표적인 성공 요인이다.

　어린 시절의 오프라 윈프리가 자신의 처지를 끝까지 비관
하고 스스로 방치했다면 지금의 영광된 그녀는 없을 것이다.
하지만 그녀는 누가 뭐라고 해도 스스로 격려하고 믿었다. 하
늘은 스스로 돕는 자를 돕는다고 했듯이 오프라는 스스로 기
회를 줬다. 이 책을 읽는 독자들도 오프라 윈프리처럼 자신을
존중하고 스스로 돕는다면 하늘은 누구에게나 공평하게 기회
를 줄 것이다. 스스로 기회를 주지 않고 누가 내게 도움을 주
지 않는다고 탓하는 것처럼 어리석은 일은 없다. 그렇다면 스
스로 돕는 게 무엇이 있을까? 아마도 그건 소소한 일의 실천

이 아닐까. 청소하기 · 인사하기 · 찡그리지 않기 · 열심히 일
하기 · 밝게 웃기 · 책읽기 · 운동하기. 그리고 가족에게 정성
을 다하기 · 내 자신을 믿고 사랑하기…….

참고자료 🎤

Adler, Bill, ed. *The Uncommon Wisdom of Oprah Winfrey: A Portrait in Her Own Words*. Secaucus, N.J.: birch Lane Press, 1997

Allen, Jenny. "Oprah Winfrey." *Us Weekly*, June 12, 2000.

Barthel, Joan. "Oprah." Ms. magazine, August 1986, 56.

BBC News Online. "Oprah Winfrey and Beloved," March 5, 1999.
http://news.bbc.co.uk/I/hi/entertainment/290601.stm.

Culhane, John. "Oprah Winfrey: How the Truth Changed Her Life" *Reader's Digest*, February 1989.

Ebert, Roger. "How I Gave Oprah Her Start."
http://rogerebert.suntimes.com/apps/pbcs.d11/article?AID=/2005
1116/COMMENTARY/51160301

Edwards, Audrey. "The O Factor." *Essence magazine*, October 3, 2003.

Friedrich, Belinda. *Oprah Winfrey*. Women of achievement. New York: Chelsea House, 2001.

Johnson, Marilyn, and Dana Fineman. "Oprah Winfrey: A Life in Books," *LIFE* magazine, september 1997.

King, Larry. "Interview with Stedman Graham." *Larry King Live*, October 3, 2003.
http://transcripts.cnn.com/TRANSCRIPTS/0310/ik1.00.htm.

King, Norman. *Everybody Loves Oprah!: Her Remarkable Life Story*.
New York: William Morrow&Co., 1987.

Krohn, Katherine. *Oprah Winfrey*. Minneapolis: Lerner Publications, 2002.

Lawrence, Ken. *The World According to Oprah: An Unauthorized Portrait in Her Own Words*. New York: Andrews McMeel Publishing, 2005

Lee, Vernita. "When I was 30: Vernita Lee." Interview by Nicole Sweeney. *mkeonline*, May 19, 2005. http://www.mkeonline.com/story.asp?id=326705.

Lowe, Janet. *Oprah Winfrey Speaks: Insight from the World's Most Influential Voice*. New York; John Wiley & Sons, 1998.

Mair, George. *Oprah Winfrey: The Real Story*. New York: Birch

Lane Press, 1994.

Mathews, Jack. "3'Color Purple' Actresses Talk about Its Impact." *Los Angeles Times*, January 31, 1986.

Mr Showbiz.com.
http://www.mrshowbiz.go.com/people/oprahwinfrey/content/bi
o.html. June
June 2003.

Nicholson, Lois P. *Oprah Winfrey*. Black Americans of Achievement. New York: Chelsea House, 1994.

"Oprah Winfrey Magazine Named: O, the Oprah Magazine." The Write News, January 12, 2000. http;//www.writenews.com/2000/011200_o_oprah.htm.

Powell, Joanna. "I Was Trying to Fill Something Deeper." *Good Housekeeping*, October 1996.

Randolph, Laura B. "Oprah Opens Up About Her Weight, Her Wedding and Why She Withheld the Book."*Ebony magazine*, October 1993.

Raubord, Sugar. "Oprah Winfrey." *Interview magazine*, March 1986,62.

Rubinstein, Leslie. "Oprah! Thriving on Faith." *McCall's*, August 1987.

Ryan, Joal. "Upring at the Church of Oprah." *Eonline*, October 17, 1998.
http://www.eonline.com/News/Items/0,1376,00.html

Taylor, LaTonya. "The Church of O." *Christianity Today*, April 1, 2002.

Waldron, Robert. *Oprah!* New York: St. Martin's Press, 1987.

Walker, Andre. *Andre Talks Hair.* New York: Simon & Schuster, 1997.

Westen, Robin. *Oprah Winfrey: "I Don't Believe in Failure."* African-American Biography Library. New York: Enslow, 2005.

Winfrey, Oprah. "America's Beloved Best Friend." Interview by Academy of Achievement. February 21, 1991.

Winfrey, Oprah. "The Best of Oprah's 'What I Know for Sure.'" O Magazine, May 2005.

Winfrey, Oprah. "Broadway Dreams."
http://www2.oprah.com/presents/2005/purple/slide/20051111/purple_20051111_350_301.jhtml.

Winfrey, Oprah. Interview by Jane Pauley. *Real Life with Jane Pauley.* NBC, September 6, 1991.

Winfrey, Oprah. "The Man Who Discovered Oprah."

http://www.oprah.com/pastshows/200401/tows_past_20040127.
jhtml.

Winfrey, Oprah. "Oprah's Favorite Books Gallery."
http://www.oprah.com/books/favorite/books_favorite_main.jhtml.

Winfrey, Oprah. "Oprah's Cut with Maya Angelou."
http://www.oprah.com/omagazine/200012/omag_200012_maya.
jhtml.

Winfrey, Oprah. *The Oprah Winfrey Show 20th* Anniversary
Collection DVD set. Hollywood, CA: Paramount Home Video,
2005.

Winfrey, Oprah. "The Small Change Campaign(1997)."
http://www.oprah.com/prsents/2005/20anniv/oprah/oprah_mom
ents_284_108.jhtml.

Winfrey, Oprah. "Vintage Oprah: Lyrics to The Oprah Winfrey
Show Theme Songs.
http://www.oprah.com/tows/vintage/past/vintage_past_lyrics.
jhtml#butch

Winfrey, Oprah. "A Visit from My Fourth-Grade Teacher(1989)."
http://www.oprah.com/present/2005/20anniv/oprah/oprah_mo
ments_284_103.jhtml.

60Minutes. December 14, 1986.

Larry King Live. October 3, 2003.

Larry King Live. January 12, 2006.

Late Show with David Letterman. December 1. 2005.

The Oprah Winfrey Show. December 9, 2005.

The Oprah Winfrey Show. January 26, 2006.

Scared Silent: Exposing Child Abuse. September 4, 1992.

1954년   미시시피 주 코시우스코에서 출생(1월 29일).

1984년   시카고 WJS-TV 〈에이엠 시카고〉 진행자로 발탁

1985년   〈에이엠 시카고〉가 〈오프라윈프리 쇼〉로 바뀜.

　　　　　〈컬러 퍼플〉의 소피아 역에 캐스팅.

1988년   국제 라디오 · 텔레비전협회가 수여하는 올해의

　　　　　방송인으로 지명.

　　　　　하포 프로덕션 설립.

1994년   데이터임 에미상 최고 토크쇼 상과 최고 진행자

　　　　　상을 수상.

1995년   〈포브스〉가 선정한 미국에서 가장 부유한 400인

　　　　　가운데 유일한 연예인이자 흑인으로 기록.

1997년   영화 〈비러브드Beloved〉의 주인공 세더 역으로

　　　　　열연.

1998년   데이터임 에미상 평생공로상 수상.

| 2000년 | 〈O〉 매거진 창간 |

2000년   〈O〉 매거진 창간

2002년   '크리스마스선행' 프로젝트를 실행하고자 남아
프리카로 방문, 수많은 가난한 아이들에게 꿈과
희망을 안겨줌.

'오프라윈프리 리더십아카데미'를 설립하여 가
난한 흑인 여자 아이들에게 무료로 교육을 받을
기회를 줌.

프라임 타임 에미상에서 밥 호프 인도주의자상
수상.

2003년   1998년, 2000년에 이어 미국인이 가장 좋아하는
TV방송인(해리스 여론조사)

2003년   마리안 앤더슨상 수상.

2004년   〈타임〉이 선정한 세계에서 가장 영향력 있는
100인.

UN 선정 올해의 세계 지도자상 수상.

2005년   국제 에미 방송인상 수상, 미국의 여성 방송인.

2007년   〈포브스〉가 선정한 대중문화계 최고 여성 갑부.

2008년   버락 오바마 대통령 선거 캠프에 참여, 당선 지
지 연설을 함.

오프라 윈프리 십계명

~

1 남들의 호감을 얻으려 애쓰지 마라.

2 앞으로 나아가기 위해 외적인 것에 의존하지 마라.

3 일과 삶이 최대한 조화를 이루도록 노력하라.

4 주변에 험담하는 사람을 멀리하라.

5 다른 사람들에게 친절 하라.

6 중독된 것들을 끊어라.

7 당신에 버금가는 혹은 당신보다 나은 사람들로 주위를 채워라.

8 돈 때문에 하는 일이 아니라면 돈 생각은 아예 잊어라.

9 당신의 권한을 다른 사람에게 넘겨주지 마라.

10 포기하지 마라.

오프라 윈프리가 전해주는

삶의 지혜

● 독서가 내 인생을 바꿨다. 어린 시절 가난 때문에 방황을 겪은 나는 아버지 지갑에서 몰래 돈을 훔친 적이 있었다. 그 돈은 단돈 3달러였다. 그런 나를 보다 못한 아버지는 일주일에 책 한 권은 읽자고 권했고, 그 후로 책을 읽기 시작한 나는 책을 통해 내 인생에 가능성이 있다는 걸 깨달았다. 독서가 내 인생을 변화시켰다.

● 인생의 승리자가 되려면 책임지는 사람이 되어야 한다. 과거에 얽매여서, 그 과거가 지금 자신을 지배하도록 놔둔다면 절대로 성장할 수 없다. 여러분은 열정을 다해서 살아가야만 한다. 그렇지 않으면, 아무 생각 없이 스쳐 지나가고 게 삶이다. 그런 인생에는 목표도 열정도 없다.

● 현재 상태로 머무른다면, 원하는 것을 절대로 달성할 수 없다.

● 인생을 살면서 마주치게 되는 사건 하나하나가 두려움을 넘어서는 기회이기도 하다

● 투쟁을 피하여 평화를 구하지는 마라. 소신을 위해 우뚝 선다면 스스로에 대한 자부심, 그리고 존경심은 더욱 커져만 간다.

● 아픈 경험을 자양분으로 삼아 지혜를 얻어라.

● 나는 나 자신한테 입증해 보일 것이 여러 가지가 있는데, 그중 하나가 바로 두려움 없이 인생을 사는 것이다.

● 앞으로 무슨 일이 일어날지를 걱정하지 않는 법을 배웠다.

● 사람은 어디에 사는지가 중요한 것이 아니라, 어떻게 사는지가 중요하다. 성취와 부를 갈망하는 사람들은 어디서나 손쉽게 만날 수 있다.

● 나는 인생의 전환점을 사랑한다. 실제로 그 시점에서 사람들은 인생의 중요한 핵심을 찾아낸다.

● 우리는 외적 자아에 주의를 기울이는 세상에 살고 있다. 하지만 중요한 것은 내적 자아의 깊은 의미를 찾아서 스스로 삶의 균형을 맞추는 일이다.

● 나는 원하는 것에 조심스러울 필요가 있다는 걸 깨달았다. 그것을 얻게 되었을 때 그 형태는 우리가 생각했던 것과는 똑같지 않기 때문이다.

● 진정한 직업을 찾으려면 우선 어떤 직업을 선택해야 하는지를 정확히 알아야 한다. 여러분의 천직은 무엇일까? 사람은 누구나 이 지구에 뭔가 특별한 일을 하러 왔다. 그저 아무런 능력 없이 이 세상에 태어난 사람은 아무도 없다. 그렇기에, 직업은 부모님이 권하는 것도, 선생님이 권하는 것도, 이 사회가 권하는 것도 아니다. 직업은 여러분의 심장이 말하는 걸 이해해서, 그것에 그대로 이끌려가는 것이다.

● 내가 위험을 무릅쓰지 않는다면 아무도 위험을 감수하려고 하지 않는다. 명성과 믿음이 있다고 해도, 여러분이 스스로 진정으로 믿는 것을 지지하고 소리 높여 말할 용기가 없다면 그것은 아무런 의미가 없게 된다.

● 나는 단 하루도 "고맙습니다. 저는 정말로 복 받은 사람입니다"라고 기도하지 않는 날이 없었다. 나는 내 축복은 나 스스로 만들어낸다고 믿는다. 스스로 준비한 사람만이 기회가 왔을 때 그것을 잡을 수 있다.

● 여러분은 장차 캐딜락을 몰며 돈을 마구 쓰는 멋진 삶을 누리고 싶은가? 그렇다면 열심히 공부해야 한다. 아는 것도 없고, 사고 능력도 없다면, 그리고 미혼 신분으로 임신을 하게 된다면, 또 학교에서 정학이나 퇴학을 당하게 된다면 절대로 벤츠를 가질 수 없을 것이다.

저 하늘을 봐라. 저 하늘의 태양을 보면서 집중력을 배우고 무한한 에너지를 얻어라. 여러분도 당연히 성공할 수 있다.

● 훌륭한 사업가가 되려면 뭐든지 마음으로 대하는 것이 가장 중요하다. 물론 여러분이 할 사업 분야에 대해서 잘 알아야만 한다. 하지만 그 사업의 핵심이 사람이라는 것도 꼭 명심해야만 한다. 가장 중요한 것은 바로 '사람'이다.

● 어머나! 나는 '오프라'라는 이름이 브랜드가 될 것이라는 말을 전해 들었다. 나에게 있어 오프라는 내 인생이고, 내가 삶을 산 방식이고, 나를 상징하는 모든 것이다.

● 미래를 내다보면 그곳에는 나눔이 있다. 나눔 속에는 성장이 있다. 성장 속에는 부유함이 있다.

● 단지 유명하다고 해서 위대한 사람은 아니다. 여러분은 유명해지고 싶은가요? 방송에 나가고, 여기저기 언론에 노출되고 싶은가요? 아마 여러분은 유명해지고 싶을 겁니다. 하지만 여러분이 진정으로 원하는 것은 그저 유명한 삶이 아닌 위대한 삶이어야 합니다. 위대한 삶 중에는 봉사도 끼어 있습니다.

● 현재의 모습이 어떻든 간에, 출신이 어떻든 간에, 누구든 자신의 삶에 변화를 일으킬 능력을 갖추고 있다. 또 그런 자신의 삶을 책임질 능력도 있다.

"여러분은 지금 바로 그 능력을 갖추고 있으니, 바로 지금 여기서 시작하면 된다."

● 꿈이 없다면 삶은 황폐해지고, 열정이 없다면 어려운 일을 감당해낼 수 없다.

● 지금 여러분의 눈에 나는 모든 걸 가진 것처럼 보일지도 모른다. 하지만 수년간 나는 나 자신의 가치를 높이려고 갖은 애를 써 왔다. 그리고 지금 이 자리에 있다.

● 나와라, 접근하라. 그리고 당신이 살고자 하는 삶 속으로 들어가라. 그리고 당신이 만든 자신의 한계상자에서 나와라.

지은이 • 일린 쿠퍼 *Ilene Cooper*

일린 쿠퍼는 20년 넘게 아동·청소년부문의 책을 썼으며 시카고 태생의 미국 작가이다. 그녀의 유명한 작품으로는 『The Golden Rule』 『Jack: The Early Years of John F. Kennedy』 『Absoultely Lucy』 『Lucy on the Loose』 등 다수가 있다. 2007년 일리노이 주 독서협회에서 주는 아동·청소년부문 'Prairie State Award' 상을 받았다. 현재 그녀는 〈북리스트〉에서 아동청소년부문 편집자로 일하고 있으며, 일리노이 주 하일랜드 파크에 살고 있다.

옮긴이 • 권혁정

영어영문학을 전공하고 학교에서 아이들을 가르쳤다. 외화를 다수 번역하였고 지금은 전문번역가로 활동 중이다. 옮긴 책으로 『개구쟁이 우리 아이 책벌레 만들기』 『우주전쟁』 『엑스를 찾아서』 『내 마음의 크리스마스』 『아프가니스탄의 눈물 1,2,3』 『히치콕:공포의 미로 혹은 여행』 『헤티-월스트리트의 마녀』 『12월의 웨딩』 등이 있다.

w 세상을 빛낸 위대한 여성

오프라 윈프리

첫판 1쇄 2010년 1월 26일
첫판 2쇄 2011년 5월 26일

지은이 일린 쿠퍼 | 옮긴이 권혁정
펴낸이 엄건용 | 펴낸곳 나무처럼
주소 서울시 마포구 서교동 377-13 성은빌딩 102호
전화 02) 337-7253 | 팩스 02) 337-7230
E-mail namubooks@naver.com
ISBN 978-89-92877-12-1 (44840) | 978-89-92877-10-7 (세트)

* 책값은 뒤표지에 있습니다.
ⓒ나무처럼 2010 Namu Books
표지 일러스트 이강훈